d

Doris Dörrie

Das blaue Kleid

Roman

Diogenes

Umschlagillustration:
Henri Matisse, ›La pose Hindou‹, 1923
Copyright © 2002 ProLitteris, Zürich;
Succession Henri Matisse
Foto: Archives Matisse

Für Anna und Daniel

www.diogenes.ch
800/02/44/1
ISBN 3 257 06319 9

Das blaue Kleid, ich will es wiederhaben, denkt Florian, als er an der Tür von Babette Schröder klingelt. Er weiß, daß sie es hat. Am 23. März gekauft. Die Kopie vom Kassenzettel mit ihrer Kreditkartennummer hat er dabei. Die Adresse stand im Telefonbuch. Da hat er Glück gehabt. Sie hätte auch von außerhalb sein können, wie die beiden anderen Kundinnen. Es gab nur drei blaue Kleider, eins in Größe 36, 38 und 40. Alfred ließ immer nur diese drei Größen anfertigen. Er haßte sehr kleine und sehr große Frauen gleichermaßen. Ziegen und Kühe, nannte er sie. Für Ziegen und Kühe mache ich meine Kleider nicht. Und dann reckte er das Kinn und grinste frech und unwiderstehlich. Jetzt bloß nicht flennen, denkt Florian und drückt abermals auf die Klingel. Im März hat Babette Schröder das blaue Kleid gekauft, im Juni ist Alfred gestorben.

Siebeneinhalb Wochen hat Florian gebraucht, um das Geschäft überhaupt wieder zu betreten. Noch am Abend von Alfreds Tod hat er allen Schaufensterpuppen schwarze Kleider angezogen – das kleine Schwarze aus fließendem Baumwolljersey für 759 DM –, einen Zettel gemalt: *Wegen Todesfall geschlossen.* Leichtfüßig und seltsam fröhlich war er aus dem Krankenhaus hinausgegangen, während oben der nackte, tote Alfred noch in seinem Zimmer lag. Sie hatten es beide geschafft, so fühlte es sich an. Endlich. Wo hätte er jetzt anders hingehen sollen als natürlich ins Geschäft?

Das perfekte kleine Schwarze. Es hieß ›Tiffany‹, weil es laut Alfred aus jeder Frau eine Audrey Hepburn machte. Nun ja, fast. Die Schaufensterpuppen trugen es mit Grandezza und stillem Ernst. Menschen hätte Florian jetzt nicht ertragen. Er spürte um sich herum Alfreds Anwesenheit wie etwas durchaus Lebendiges, sah seine Fußspuren im Teppich, erkannte das Muster seiner Turnschuhe.

Da war er doch. Es war doch alles nicht so schlimm. Mißtrauisch beobachtete er seine Fröhlichkeit, die nicht angemessen schien. Vielleicht, dachte er, war es gar nicht seine eigene, sondern die Erleichterung und Fröhlichkeit des toten Alfred? Er hatte ihn in den Armen gehalten bei seinem letzten Herzschlag, und Florian hatte ganz deutlich gesehen, wie er leichten Schritts in ein helles Licht davonging. Das hatte er gesehen? Vor seinem inneren Auge vielleicht. Sich vorgestellt, sich gewünscht. Daß jetzt alles gut war.

Nach Hause traute er sich dennoch nicht an diesem Abend. Im Schneidersitz setzte er sich auf den Teppichboden und betrachtete die spiegelverkehrte Schrift in der Glastür: Inhaber: Alfred Britsch. Florian Weber. Alfred immer zuerst. Immer kam er zuerst. Er war der Schnellere von beiden, der Phantasievollere, der, dem eine steile Karriere vorausgesagt worden war. Florian sah sich selbst als das Trampolin, auf dem Alfred seine Luftsprünge übte. Und er war gern das Trampolin. Meistens jedenfalls. Und als Alfred keine Luftsprünge mehr machen konnte, übte er mit ihm die kleinen Schritte, bis Alfred wieder in den Laden wanken konnte, um dann rosig und strahlend, als wäre er nur mal kurz verreist gewesen, erneut hinter dem Tresen zu stehen.

Mein tapferes Schneiderlein nannte ihn Florian und küßte ihn vorsichtig, ganz vorsichtig, nur nicht zu fest, denn von der Chemie bekam Alfred Bläschen auf den Schleimhäuten. Seine Lippen schmeckten nach Salviaethymol, daß er sich auf die entzündeten Stellen pinselte. Er war Florian dankbar, daß er ihn weiterhin auf den Mund küßte. Sie machten weiter wie gehabt, so gut sie konnten. Alfred schminkte sich, aber das wußte nur Florian. Nur er allein. Kein Mensch ahnte etwas. Alfred sah frisch und rosig aus, und alle Welt trug schließlich Glatze. Florian ließ sich ebenfalls den Kopf rasieren.

Jetzt sind wir hip, sagte er, jetzt sind wir cool.

Meinst du wirklich? Alfred legte seinen kahlen Nacken in Falten. Ich hatte doch so schönes Haar, verdammt.

Jetzt wächst Florians Haar wieder und erinnert ihn mit jedem Millimeter an die Zeit nach Alfreds Tod. Er braucht sich nur über den Kopf zu streichen, dann weiß er sofort: vier Wochen, fünf, sechs, sieben. Siebeneinhalb Wochen.

Nach genau siebeneinhalb Wochen betritt er den Laden wieder.

Es liegt weniger Staub, als Florian erwartet hat. Die Schaufensterpuppen tragen geduldig ihr kleines Trauerkleid. Die Sommerkollektion, die noch an den Stangen hängt, sieht bereits veraltet aus. Wie konnte man nur hellblau und violett tragen? Ihre zehnte gemeinsame Kollektion. Zehn Jahre mit Alfred. Das kommt Florian jetzt vor wie die längste Zeit seines Lebens. An das Leben vor Alfred kann er sich gar nicht mehr erinnern, ein Leben nach Alfred kann er sich nicht vorstellen. Er hatte genug Zeit, sich an den Gedanken zu gewöhnen, sicherlich. Fast drei Jahre hat Alfred gekämpft wie ein Boxer. Ist immer wieder in den Ring gestiegen, immer wieder zu Boden gegangen, blutend und blind in die Ecke getaumelt, wo ihn sein Trainer Florian versorgt hat, bis er wieder bereit war für die nächste Runde.

Jetzt fühlt sich Florian, als hätte *er* den Kampf verloren und nicht Alfred. Seine Knochen schmerzen. Keiner hat ihm gesagt, daß Trauer ein Schmerz in den Knochen ist, in jeder Zelle des Körpers. Er legt sich auf den taubenblauen Teppichboden, den sie zusammen für ihr Geschäft ausgesucht haben und der jetzt so aussieht, wie der Teppichverkäufer ihnen vorausgesagt hatte: schäbig, fleckig wie in einem billigen Hotel. Nehmen Sie doch ein elegantes Weinrot. Oder marineblau!

Nein, hatte Alfred geschrien. Ich hasse weinrot und marineblau! Das sind Farben für Witwen und alte Kapitäne!

Und taubenblau, für wen ist das? hatte der Verkäufer süffisant gefragt.

Für Könige, hatte Alfred erklärt und das Kinn in die Luft gereckt. Für Kaiser und Könige.

Natürlich. Der Verkäufer zog die Augenbrauen hoch. Ein Tuntenpärchen kauft sich einen Teppich. Bitte schön. Dann eben taubenblau.

Florian heult in den Teppich, der nach Fleckenschaum riecht und Tränen nicht gut aufnimmt. Sie bleiben an den Fasern hängen wie Tautropfen an Gräsern.

Sag was, verdammt! Er wartet auf einen Kommentar von Alfred über seine pathetische, dramatische Trauer, aber er schweigt beharrlich seit siebeneinhalb Wochen. Florian hat keine Träume, keine Erscheinungen. Nichts. Gar nichts. Andere sehen ihn, sprechen mit ihm, berichten Florian, Alfred habe ihnen im Traum ausgerichtet, es gehe ihm gut. Eine geschwätzige, nervtötende Stammkundin erzählt, er habe glücklich gewirkt und sehr gut ausgesehen. Die hätte Florian am liebsten gewürgt. Was fällt Alfred ein, dieser alten Kuh zu erscheinen, aber nicht ihm? Erscheint er den anderen wirklich, oder erfinden sie diese Träume nur, um ihn zu trösten? Ist Alfred für immer verschwunden, oder gibt es ihn nur noch für diejenigen, die glauben?

Sie haben darüber gesprochen, natürlich. Alfred, der Katholik und ehemalige Messdiener, und Florian, der Protestant, der zum letzten Mal an seiner Konfirmation in der Kirche war. Bei seiner ersten Computertomographie sei ihm in der beklemmenden Röhre mit einem Mal die Jungfrau Maria erschienen, hat Alfred Florian schüchtern erzählt. Sie habe ihm zugenickt, gelächelt und gesagt: Es ist, wie es ist. Besonders aufmunternd kann Florian das nicht finden. Wenn sie schon erscheint, fällt ihr dann nichts Besseres ein?

Später dann hielt Alfred Zwiesprache mit Therese von Konnersreuth, die an Ostern aus den Augen geblutet und sich ausschließlich von Hostien ernährt hatte. Sie riet ihm, auf eine Pilgerreise zu Pater Pio nach Italien zu gehen. Je kränker Alfred wurde, um so katholischer wurde er.

Florian hat ihn darum beneidet, denn ihm blieb nichts als die Angst. Leere, dumme, schreckliche Angst. Florian wartet auf ein Zeichen von Alfred, er wartet drauf, daß er ihm unvermittelt erscheint, in einem absurden, großartigen Kostüm, mit Heiligenschein unter dem Arm, grinsend, als Alfred eben, daß er ihn in seiner Verzweiflung aufsucht und tröstet.

Aber da ist nichts. Gar nichts. Alfred kommt nicht.

Wütend dreht sich Florian auf den Rücken und starrt an die Decke, die schon lange neu geweißelt werden müßte. Wie ein wackliger Dokumentarfilm erscheint auf der grauweißen Fläche die Vision einer kleinen Gedächtnismodenschau für Alfred. Florian sieht bereits das Defilee. Aus jeder Kollektion ein geniales Stück: das tomatenrote Wickelkleid von '96, die schwarzen Kaschmirschlaghosen von '98, das cremeweiße Satinetuikleid von '99, das gehäkelte bodenlange Abendkleid, das kleine Schwarze ›Tiffany‹ natürlich, das gelbe Chiffoncape von 2001, das blaue Kleid ›Azzurro‹ aus der Sommerkollektion 2001. *Sein letztes Kleid.* Warum haben diese Wörter lange, scharfe Krallen wie wilde Tiere? *Sein letztes Kleid.* Florian heult.

Dieses Kleid macht aus jeder Frau eine Marilyn, hatte Alfred selbstbewußt behauptet.

Woher nahm er diese Selbstsicherheit? Sie verärgerte Florian mitunter so, daß er den Pessimisten spielte, der er eigentlich gar nicht war.

Blau macht blaß, sagte er. Hart. Es steht nur ganz wenigen.

Ach was, lachte Alfred und hüpfte auf und ab, nicht wild wie ein Popstar auf der Bühne wie früher, sondern nur noch ein ganz klein wenig auf den Zehenspitzen, denn jede Bewegung schmerzte ihn, jedes Nervenende vermeldete Pein.

Mein Kopf fühlt sich an wie ein Nadelkissen, weinte er nachts, und Florian war schlecht vor Hilflosigkeit. Man denkt immer, es gibt Mittel gegen Schmerzen, und wenn nichts mehr hilft, dann gibt es doch Morphium, das muß doch helfen! Aber Alfred jaulte vor Schmerzen manchmal stundenlang wie ein Hund, so daß Florian aus dem Zimmer gehen mußte, weil er es nicht mehr ertrug.

Aber jetzt strahlte er. Ich stelle mir das so vor: ganz schlicht geschnitten, ärmellos, leicht ausgestellt, aus blauem Organza. Leuchtendblau, aquamarinblau, wie ein tiefer See, nein, wie das Mittelmeer, ja, so stelle ich mir das vor.

So ein Blau gibt's wahrscheinlich nicht auf dem Markt, sagte Florian bedächtig und haßte sich für seine Unfähigkeit, sich Alfreds Begeisterung anzuschließen. Diese blöde kindliche Eifersucht, die er selbst jetzt nicht los wird, wo Alfred doch tot ist. Immer war Alfred der Schönere, Attraktivere, Erfolgreichere, der, der ganz natürlich im Mittelpunkt stand, und durch seine Krankheit erst recht. Alles, alles mußte sich immer um ihn drehen. Und wer hat jemals an mich gedacht? Sich jemals gefragt, wie es mir dabei geht? Ich denke wie ein Charakterschwein. Ich bin ein Schwein. Ich bin das Schwein, das überleben durfte.

Dann erfinden wir es eben! rief Alfred. Wir erfinden das perfekte Blau!

Wir. Das sah dann so aus: Florian kniete vor der Badewanne und schüttete immer neue Farbkombinationen ins Wasser, während Alfred auf der Couch lag und fortlaufend *Azzurro* von Adriano Celentano hörte, seine Kotzschüssel, wie er sie nannte, auf dem Schoß. Er übergab sich inzwischen so nonchalant, wie andere Leute hüsteln. Florian hielt im Badezimmer weiße Organzastreifen in die blaue Suppe, mischte das Blau auf Alfreds Geheiß mit einem Schuß türkis und grün, präsentierte Alfred die einzelnen Schattierungen, bis spät in der Nacht endlich das richtige Blau gefunden war. ›Azzurro‹, nannte es Alfred.

Azzurro, flüstert Florian in den taubenblauen Teppich.

Am 23. März kam diese graue Maus ins Geschäft, und Alfred hatte natürlich recht. Selbst aus ihr zauberte das blaue Kleid etwas Funkelndes, Strahlendes. Schüchtern strich sie den knisternden Organzastoff glatt. Alfred kicherte, als würde er gekitzelt. Seine Wangen glühten. Elizabeth Arden, *Morning blush,* erst vor wenigen Minuten frisch aufgelegt.

Florian stand hinter dem Kassentresen und beobachtete ihn.

Untersteh dich, mir die Backen rot zu schminken, wenn ich hin bin. Ich will nicht, daß du einen einzigen Pfennig über das Nötigste hinaus ausgibst. Sie werden trotz Verbrennung versuchen, dir einen teuren Sarg aufzuschwatzen. Wehe, du läßt am Ende deine spießige Ader raus.

Noch vor zehn Minuten beim Tee in ihrer winzigen Teeküche kamen ganz unvermittelt und ohne jede Vorwarnung diese Sätze. Die schoß er aus der Hüfte ab wie ein Cowboy, schnell bevor einer von ihnen von Gefühlen überwältigt werden konnte.

Noch vor zehn Minuten. Und jetzt stand er vor der kleinen, leicht dicklichen, unscheinbaren Frau mit schlecht geschnittenen hellbraunen Haaren und klatschte begeistert in die Hände: Sie sehen aus wie eine Wolke!

Dafür liebte ihn Florian: Alfreds kindlicher Übermut,

seine Begeisterungsfähigkeit, seine Naivität, die ihn ein knatschblaues Kleid entwerfen ließ aus einem Stoff, der ständig riß und die Näherinnen in Tschechien zur Verzweiflung trieb, so daß sie schließlich mitten in der Nacht anriefen und mit schwerem Akzent ins Telefon stöhnten: Gäht nicht! Können wir nicht nähen blaue Klaid!

Doch, doch, beruhigte sie Alfred und schnippte nach einer Zigarette, die ihm streng verboten war und die ihm Florian jedoch, ohne zu mucksen, sofort und bereits angezündet reichte. Sollte der Mann denn auf alles verzichten? Trinken konnte er nicht mehr, impotent war er geworden durch die ganze Chemie, was konnte ihm eine Zigarette noch anhaben?

Das schaffen Sie, rief Alfred, ich weiß, daß Sie das schaffen werden! Sie werden das schönste blaue Kleid aller Zeiten nähen und jede Menge Frauen glücklich machen. Ja, das werden Sie!

Er machte eine kleine Pause, und Florian wußte, daß am anderen Ende in Tschechien die Kräfte der völlig erschöpften Näherinnen sich zögernd zurückmeldeten. Niemand konnte einen so wunderbar ermutigen wie Alfred.

Sie nehmen jetzt eine Zeitung, befahl er, ja, genau, eine Zeitung, irgendeine Zeitung, und nähen die Zeitung mit in die Naht. Ja, ganz richtig. Sie nehmen den Futterstoff, dann die Zeitung, dann den Organza. Ja, so ist es richtig...

Beruhigend redete er auf die Näherinnen ein, während er, die Hand auf der Telefonmuschel, Florian zukicherte: Ein bißchen Weltpolitik im Kleid kann nicht schaden!

Stich für Stich führte er die Näherinnen geduldig wie ein Fremdenführer durch seinen Schnitt vom blauen Kleid, bis

Florian irgendwann eindöste und von Schlagzeilen und dem Mittelmeer träumte.

Am Morgen lag für ihn ein Zettel im Badezimmer: BLAUES KLEID FERTIG!!!! Mit einem satten Babylächeln auf den Lippen lag Alfred in den hochaufgetürmten Kissen, die Schlafmaske aus der Lufthansa Business-Class über die Augen gezogen. Im gelben Licht der Nachttischlampe sah er aus wie ein Hollywoodstar ohne Perücke, gleich würde das Dienstmädchen mit dem Frühstückstablett hereinkommen und die schweren Vorhänge aufziehen, Madame würde sich ihre Schlafmaske vom Gesicht ziehen und dekorativ gähnen. Jeder überlebte Tag ein Triumph.

Wenn Sie es nicht nehmen, werde ich ernstlich böse, sagte Alfred zur grauen Maus, denn dieses Kleid wird Ihr Leben verändern!

Die graue Maus sah ihn unsicher an.

Ganz bestimmt, sagte Alfred und nahm ihre Hand wie ein Arzt. Sie müssen!

Bis zu dem Tag, als ihr Mann starb, war Babette ein modebewußtes Wesen gewesen. Ihre gesamte Biographie hätte sie in Kleidungsstücken erzählen können.

Ein Dirndl mit dunkelroter Schürze, das sie bekam, als sie fünf war. Schwarze Lackschuhe mit sechs, die sie sich in Brombeerbüschen zerkratzte und einen ganzen Nachmittag darüber heulte. Eine cremeweiße Winterjacke, die ihr ihre Mutter genäht hatte und in der sie aussah wie ein kleiner Eisbär. Ein blauer Frotteebademantel mit einer gelben applizierten Ente. Mit fünfzehn ein paar braune Cordjeans, die so eng saßen, daß sie sich nur mühsam hinsetzen konnte. Auf die zerschlissenen Knie nähte sie grüne Herzen. Eine rumänische, buntbestickte Bluse, die ein bißchen kratzte. Eine weiße Flokatijacke, in der sie zwar aussah wie ein Schaf, aber in der sie sich gern versteckte, weil sie so lange flachbrüstig blieb. Ein hellblaues, fast durchsichtiges Nachthemd, das sie von ihrer Großmutter geerbt hatte und in dem sie versuchte, ihren ersten Freund zu verführen. Vergeblich. Er hatte – berechtigte – Angst vor ihrem Vater. Zwei Jahre lang trug sie nichts anderes als Jeans und einen viel zu großen grünen Pullover mit Zopfmuster – von ihrem Vater.

Ihrer ersten großen Liebe begegnete sie ein Jahr lang ausschließlich in einem zerschlissenen Overall der Firma Ford.

Einmal Ölwechsel, bitte, flüsterte ihr Freund, wenn er ihr den Overall an dem langen Reißverschluß aufzog.

Der nächste Mann gestand ihr, daß er sie am liebsten in Kleid und Strapsen gesehen hätte. Ab und zu machte sie ihm die Freude und staunte, daß immer, wenn sie diese Montur trug, Männer ihr die Türen aufhielten und ihre Einkaufstüten trugen, aber sie fühlte sich wie verkleidet. Die Strapse zwickten, es gab einen unangenehmen kalten Luftzug an der nackten Haut zwischen Strumpf und Slip, und sie war heilfroh, wenn sie sich wieder in ihre Jeans werfen konnte. Mit der Zeit liebte dieser Mann sie deutlich weniger in Jeans und deutlich mehr in Strapsen, was Babette so sehr bedrückte, daß sie ihm eines Tages verkündete, sie wolle sich trennen, weil er nicht sie liebe, wie sie wirklich war.

Zu dieser Ankündigung trug sie aus purer Bosheit Strapse.

Der nächste kaufte ihr einen roten Seidenrock, den sie

kein einziges Mal trug, aber sich nicht fortzuwerfen traute, weil er so teuer gewesen war.

Der nächste hatte keinerlei Meinung zu ihrem Aussehen, was sie beleidigend fand. Hätte er etwas gesagt, hätte sie es wenigstens ignorieren können. Er selbst trug ausschließlich Jogginghosen, weil er Sportlehrer war. Ab und zu prügelten sie sich, was der Sportlehrer als Teil seines Fitnessprogramms ansah.

Der nächste mochte sie, ganz gleich, was sie trug, und machte ihr dennoch ständig Komplimente. Den heiratete sie und trug von da an nur noch Cowboystiefel wie er. Jedes Jahr kauften sie gemeinsam ein neues Paar, das sie mit Metallplättchen beschlagen ließen. Wenn sie zusammen die Straße entlanggingen, klangen sie gefährlich. Sie fühlte sich stark und unbesiegbar mit den klackenden Stiefeln an ihren Füßen. Nichts konnte sie umhauen. Sie war im Leben dort angekommen, wo sie immer hingewollt hatte, und dort wollte sie auch bleiben, mit ihm, Fritz Bader. Für immer.

Nach sieben Jahren starb er bei einem Verkehrsunfall auf Bali. Wenn sie das sagte, sah Babette oft die Anstrengung in den Gesichtern der anderen, nicht spontan herauszuplatzen: Bali? Ach, wie schön!

Sie ging dazu über zu sagen: bei einem Verkehrsunfall, er starb bei einem Verkehrsunfall, und niemand fragte, wo und wie.

Seine Cowboystiefel warf Babette von einer Gondel aus in die Dolomiten. Unzählige Male waren sie hier gewesen. Das letzte Mal hatten sie vor einer Skihütte in der Sonne gesessen, während unten im Tal dicker Nebel lag wie eine

Bettdecke. Wenn man unten im Nebel sitzt und in seinem Dreck wühlt, vergißt man ganz, wie schön es hier oben ist, hatte Fritz gesagt. Dabei könnte alles so leicht sein, wenn man sich nur daran erinnern würde.

An diesen Satz konnte sie sich erinnern. Wenn sie sich anstrengte, spürte sie seine Hand in ihrem Nacken.

In dem Winter hatten sie beschlossen, die nächsten Weihnachten ausnahmsweise nicht im Schnee, sondern in der Sonne zu verbringen. Was hältst du von Bali? Bali. Vier Buchstaben, die Babette unvermittelt aus der Bahn geworfen hatten, als sei sie aus dem Skilift gefallen und sähe den anderen Skiläufern zu, die ruhig und zufrieden an ihr vorbei den Berg hinaufgeschleppt wurden, während sie keinen Fuß mehr vor den anderen bekam.

Am liebsten hätte sie sich aus der schwankenden kleinen Gondel in den düsteren Wald unter ihr fallen lassen. Es wäre so einfach, den Bügel zu lösen, herauszuschlüpfen, zu fallen, zu fallen, nichts mehr zu spüren. So viel einfacher, als weiterzuleben.

Sie trug nur noch Schwarz, was heutzutage nicht weiter auffiel. Als Kind, konnte sie sich erinnern, war es ein klares Zeichen gewesen, wenn eine Frau von Kopf bis Fuß Schwarz getragen hatte. Sogar schwarze Seidenstrümpfe. Mit dieser Frau mußte man vorsichtig umgehen, hieß das, und sie bemerkte, wie sich die Stimme ihrer Mutter veränderte, wenn sie mit diesen Frauen sprach. Seltsam klein und belegt wurde sie, und sie bekam als Kind ein flaues Gefühl im Magen, der Boden gab unter ihr nach, eine Felsspalte tat sich auf, sie sah, wie Menschen anscheinend auf Nimmerwiedersehen dort hineinstürzten. Sie starben.

Mit ihr ging niemand vorsichtig um. Ihre wenigen Bekannten verloren bald die Geduld mit ihr. Warum ging es ihr denn immer noch nicht besser? Warum kam sie nicht ins Leben zurück? Sie brach den Kontakt zu ihnen ab, weil es ihr peinlich war, daß sie so traurig war, zog in eine kleinere Wohnung in der Tengstraße, beendete ihre Arbeit als freie Geschenkpapierdesignerin, weil sie es nicht mehr ertrug, den ganzen Tag allein mit Häschen und Eisbären zuzubringen, und nahm einen Job als Layouterin in einem Verlag für Koch- und Gesundheitsbücher an.

Jetzt lebt sie wie eine Nonne. Oder wie eine alte Frau. Sie wird unsichtbar. Sie sieht sich kaum noch im Spiegel an, versteckt sich unter immer mehr Schichten, und wenn sie sich wäscht, vermeidet sie, ihren Körper zu betrachten. Sie will nichts mehr mit ihm zu tun haben. Sie beneidet die Frauen in streng moslemischen Ländern, am liebsten hätte sie sich unter einem Tschador versteckt. Sie versinkt in ihren schwarzen Kleidern wie in einem schwarzen Loch. Ein dunkler Fleck in ihrem eigenen Leben.

In der Nähe ihrer kleinen Wohnung befindet sich der alte Friedhof von Schwabing, der ihr früher niemals aufgefallen ist. Ganz in der Nähe hat sie vor sieben Jahren in einem roten Minirock und mit braungebrannten Beinen mit Fritz in den Kneipen gestanden, jung, cool und selbstsicher. Ihre Selbstsicherheit von einst ist aus ihr entwichen wie Nagellackentferner aus der offenen Flasche. Sie weiß nicht mehr, wer sie ist, und es interessiert sie auch nicht mehr.

Jeden Morgen vor der Arbeit geht sie dorthin. Nur da fühlt sie sich einigermaßen wohl. Meistens geht sie fünf Mal um den ganzen Friedhof herum. Bei jedem Schritt denkt sie:

Wo bist du? Und dennoch ist es das einzige, worauf sie sich jeden Tag freut. Sie wird ruhig unter all den Toten. Hier versteht man sie. Hier nicken die alten, gebückten Frauen mit den Gießkannen in der Hand verständnisvoll, wenn sie unversehens aufschluchzt. Bald kennt sie jeden Grabstein auswendig. Jeden Namen prägt sie sich ein: Margarethe Baader, Friseursgattin, und Karl Baader, Friseur, Anna Wolfram, Lederhändlerswitwe, Anton Allmer, Lokomotivführer, Franz Auerbach, Uhrmachermeister, Johann Nepomuk, Ludwig und Otto Kröner, Charcutiers und königliche Hoflieferanten. Alles nur noch Namen ohne Körper.

Wo sind die alle hin, fragt sie sich mit ehrlichem Staunen. Fritz Bader, wo bist du hin?

Sie würde gern an irgend etwas glauben, aber niemand hat ihr das beigebracht. Ihre Eltern glauben nicht an Gott, sie war ihr Leben lang nur als Touristin in Kirchen. Ihr Vater war Gott. Er konnte alles. Wenn er zu ihr ins Kinderzimmer kam, um Gute Nacht zu sagen, bat sie ihn: Mach, daß in Afrika ein Mann über die Straße geht, und er schnippte mit den Fingern und sagte: Jetzt geht in Afrika ein Mann über die Straße.

Mach, daß in Japan ein Kind mit einem Ball spielt.

In Japan spielt jetzt gerade ein Kind mit einem Ball, sagte der Vater, und sie sah das Kind und seinen Ball ganz genau in diesem Moment.

Mach, daß eine rote Tulpe aufblüht.

Eine rote Tulpe blüht gerade auf.

Instinktiv spürte Babette, daß sie in diesem Spiel nicht zu weit gehen durfte, aber wie weit? Und mit Herzklopfen bat sie den Vater, immer größere Taten rund um den Erdball zu vollbringen.

Mach, daß ein Baum in China seine Blätter verliert. Ein Schneemann am Nordpol schmilzt. Ein Hund in Honolulu bellt. Eines Tages sagte sie, mach, daß Gott zu uns nach Braunschweig kommt.

Da lachte der Vater sich halb tot, aber er schnippte nicht mit den Fingern, und Babette war enttäuscht. Er konnte eben doch nicht alles.

Sie versucht, nicht darüber nachzudenken, wo und in welcher Form Fritz sich jetzt aufhält. Genausoschwierig ist es allerdings, sich nichts vorzustellen.

Das Nichts ist düster und klebrig, wenn sie daran denkt, wird sie es nicht mehr los, es bleibt an ihr kleben wie Kaugummi unterm Schuh. Also versucht sie, nicht an das Nichts zu denken, was anstrengender ist, als Gewichte heben.

Auf einem Stein in der Mitte des Friedhofs steht: *Mein Geliebter, ach komm, daß ich dich wiederhabe wie einst im Mai.*

An den Mai und die Vergangenheit zu denken ist noch schlimmer. Sie vermeidet es, diesen Stein von weitem nur zu sehen. Ebenso wie die drei Bänke, auf denen in goldenen Lettern steht: GLAUBE, LIEBE, HOFFNUNG.

Die drei Wörter standen nicht immer dort. Eines Tages waren sie plötzlich da. Jemand muß sie in mühevoller Kleinarbeit in das Holz geschnitzt und golden angestrichen haben. Jemand, der sich auskennt mit Holzarbeiten. Ein Künstler, ein Heimwerker mindestens. Aber warum? Aus Berufung? Mit Auftrag der Stadt? Als gefördertes Kunstprojekt? Babette zieht die Version des berufenen Privatmannes – oder einer Frau? – und Hobbykünstlers vor. Jemand, der trösten wollte und nicht ahnt, welche Schmerzen diese drei Wörter hervorrufen können. Also war's doch eher ein Mann. Berufen, aber ein bißchen unsensibel.

Von fern hört sie das Verkehrssummen wie eine Erinnerung an die Stadt. Wenn man die Ohren nur auf die enge Umgebung der Bänke richtet, ist es still. Vogelzwitschern. Das Knacken eines Astes, die Tauben rascheln durchs Laub, Flügelschlagen. Geräusche vom Land. Manchmal aus der Ferne ein Autohupen wie ein Ausrufezeichen.

Jeden Morgen sieht sie die Frau vom Pennertreff am Ausgang Tengstraße, die sich, ohne sich um Passanten zu scheren, die lila Jogginghosen runterzieht und hinter einen Grabstein pinkelt. Wenn es sehr kalt ist, dampft ihr Urin. Fast jeden Morgen kommt sie ziemlich pünktlich gegen neun Uhr, und wenn sie nicht kommt, droht Babettes Tag bereits aus dem Gleichgewicht zu geraten. Die kleinste Unregelmäßigkeit versetzt sie in Angst und Schrecken, denn sie bedeutet, daß man sich auf nichts verlassen kann. Daß sich ständig alles verändert, daß nichts so bleibt, wie es ist. Das ist schrecklich.

Auf einer Bank liegen kleine Kiesel, fein säuberlich in einer Reihe nebeneinander aufgereiht, wahrscheinlich von einem Kind. Das versteht sie. Die Welt in Ordnung bringen. Das wär schön. Sie beobachtet die Krähen, die mit ihren dicken Hinterteilen dicht vor ihr über den Weg wakkeln wie alte Frauen mit einem Hüftleiden. Sie fühlt sich alt, dabei ist sie erst sechsunddreißig. Eine Witwe. Das Wort klingt unheimlich und altmodisch. Sie kann sich nicht vorstellen, daß sie das ist. Eine Witwe. Auf Formularen müßte sie jetzt immer diese Rubrik anstreichen: verwitwet. Aber das tut sie nicht. Sie nennt sich ledig. Sonst müßte sie immer gleich heulen.

Schritt für Schritt geht sie durch die Jahreszeiten. Jede Jahreszeit bringt neue, überraschende Schmerzen. Wo ist der große Tulpenstrauß, den er ihr jeden Frühling geschenkt hat, wo seine berühmte Frankfurter Sauce mit sieben Kräutern im Mai, wo ist sein braungebrannter Julibauch?

Bei jedem Schritt denkt sie weiterhin: Wo bist du? Sie kann es nicht fassen. Kann das überhaupt jemand? fragt sie sich.

Sie geht ein ganzes Jahr, bis es wieder Winter wird. Manchmal liegt schon Rauhreif am Morgen auf den Bänken, und die Jogger tragen ihren Atem vor sich her wie kleine weiße Wolken. Jeden Morgen dieselbe Mannschaft: eine junge Frau mit wild hüpfenden Brüsten unter dem Hemd, eine dürre etwa Vierzigjährige mit einem vernünftigen Sport-BH, ein kleiner, blasser Mann, der furchtbar keucht und bekümmert dreinblickt, zwei immer braungebrannte junge Männer in immer neuen Nikeklamotten, eine teigige rothaarige Frau, die vor sich hinschuffelt, kaum schneller als ein Fußgänger, und ein großer Mann mit zotteligen, blonden Haaren unter der grünen Pudelmütze, der ihr nach einer Weile jeden Morgen zunickt.

Babette wundert sich, daß er sie überhaupt sehen kann, ist sie denn nicht unsichtbar? Ein schwarzer Fleck im weißen Schnee. Im weichen Neuschnee, im verharschten Januarschnee, immer ist er da. Jeden Tag. So wie sie. Er ist über die Wochen und Monate immer dünner geworden. Wahrscheinlich durchs Joggen. Babette ist sich nicht sicher, ob es ihm besser steht. Er wirkt jetzt hager und sein schmales Gesicht besorgt. Eines Morgens jedoch, als das Wetter überraschend schön ist und der Schnee wie Diamanten in der Sonne glitzert, lacht er ihr unversehens zu.

Guten Morgen! ruft er laut, und seine grüne Pudelmütze wippt.

Überrascht lächelt Babette zurück. Guten Morgen, sagt sie leise.

Drei Monate lang grüßen sie sich.

An einem Tag im März, der Schnee ist bereits fast überall geschmolzen, in den Moosbetten blühen die Schneeglöckchen, Krokusse und Märzenbecher, die Wege sind braun und rutschig, kommt er wie jeden Morgen um die Ecke gebogen. Sie erkennt ihn bereits ohne aufzublicken an seinem Schritt. Er läuft auf sie zu, lächelt, gleich wird er nicken, sie steckt die Hände tief in die Taschen, bevor sie aufblickt und ihm zunickt. Er nickt zurück, läuft weiter, will um die nächste Ecke biegen, Babette sieht, wie sein Fuß ausrutscht, einfach weiterläuft, sein Körper sich nicht entscheiden kann, erst dem einen Fuß folgt, dann dem anderen, schwankt und schließlich der Länge nach in den Matsch fällt.

Babette gibt ihm einen Moment Zeit, um sich aufzurappeln, ostentativ sieht sie zur Seite, aber aus dem Augenwinkel beobachtet sie, wie er immer noch dort liegt, und dann hört sie seinen Schrei.

Sie eilt ihm zu Hilfe. Schmerzverzerrt beugt er sich über seinen Knöchel, er ist ganz weiß im Gesicht, und mit seiner grünen Pudelmütze erinnert er Babette in diesem Moment an ein riesiges Schneeglöckchen. Sie muß grinsen, und das ist ihr schon lang nicht mehr passiert. Später denkt sie, daß das den Ausschlag gegeben hat, daß er sie zum Lachen gebracht hat.

Sie hilft ihm auf und sucht die nächste Bank, es sind die Bänke mit den Inschriften. Babette überlegt, auf welche der drei sie sich mit ihm setzen soll. Er stöhnt und läßt sich auf die erstbeste fallen. Es ist die Bank mit der Inschrift LIEBE. Nein, denkt Babette, niemals.

Mit geschlossenen Augen liegt er an ihrer Schulter und stöhnt leise. Schweißperlen stehen auf seiner Stirn. Sie nimmt ihm die grüne Pudelmütze ab und streicht ihm wie unabsichtlich durch die strubbeligen, weizenblonden Haare. Er hat ein schönes, klares Gesicht und eine wunderbare Haut. Er schlägt die Augen auf. Blaßblaue, kühle Augen, die ihre Farbe im Gleichtakt mit der Farbe des Himmels wechseln. Sie sieht sie in hellblau, grau, aquamarinblau, bis er flüstert: Geht schon wieder, und sich keuchend aufrichtet.

Es geht natürlich nicht. Widerstrebend nimmt er ihre Hilfe an, und sie führt ihn wie eine einbeinige Krähe hüpfend in seine Wohnung in der Isabellastraße, gleich am Friedhof – und um die Ecke von ihrer eigenen Wohnung. Seltsam, daß sie sich noch nie beim Bäcker über den Weg gelaufen sind, bei der Post oder auf dem Elisabethmarkt.

Wie und wann entstehen die Überschneidungen der Muster, in denen sich jeder bewegt? Wie auf einem Schnittmuster sieht sie ihre eigenen Wege in rot und seine in blau, wie sie sich über Jahre hin immer wieder verpassen, manchmal haarscharf nur, um Sekunden, um dann plötzlich sich zu treffen. Aber warum?

Seine Wohnung ist groß und hell, kein Vergleich zu ihrem kleinen Loch, aber sie ist so karg eingerichtet, daß Babette mutmaßt, hier sei jemand vor kurzem erst ausgezogen. Er stellt sich ihr vor als Thomas Kron, Anästhesist am Schwabinger Krankenhaus, das sagt er in einem Zug, so, als müsse er ein Formular ausfüllen. Sie könnte jetzt eigentlich gehen. Die fahle Wintersonne fällt in die aufgeräumte Küche, eine Kaffeetasse steht in der Spüle, nur eine, das sieht Babette sofort. Keine Blumen, nirgendwo, keine Pflanzen, hier gibt es keine Frau, da ist sie sich fast sicher. Er sitzt am Tisch und hat sich Schuh und Strumpf ausgezogen, befriedigt stellt Babette fest, daß er sorgfältig geschnittene Zehennägel hat. Die einsame Kaffeetasse und die gut manikürten Zehennägel – wie schnell sie alle wichtigen Informationen eingesammelt hat!

Vorsichtig befühlt er seinen dick angeschwollenen Knöchel. Da geh ich gleich nachher bei uns in die Ambulanz, winkt er ab, halb so schlimm.

Sie steht immer noch in ihrem Wintermantel da. Unschlüssig.

Ja, sagt sie, dann werde ich mal...

Möchten Sie 'n Kaffee? fragt er schnell.

Och, ja.

Sie kocht ihn dann selbst, um ihm das Herumgehüpfe zu ersparen. Er dirigiert sie zum Schrank und zu den Schubladen, und sie läßt es freudig geschehen, fühlt sich dabei ein bißchen wie ein Pferd, das nach langer Zeit im Stall wieder angeschirrt wird. Einem Mann einen Kaffee kochen... Ich muß aufpassen, daß ich ihm nicht automatisch zwei Stück Zucker in die Tasse tue, denkt sie und spürt, wie ein Ruck durch ihren Körper geht und er plötzlich erwacht wie aus einem langen Winterschlaf. Mit zitternden Händen serviert sie ihm den Kaffee und flieht.

Ich habe ganz vergessen, daß ich … o Gott, ich bin ja schon viel zu spät dran … gute Besserung dann noch …

Als sie wieder auf der Straße steht, dampft sie vor Aufregung.

Nein, niemals, denkt sie. Zum Glück weiß er noch nicht mal meinen Namen.

Am Nachmittag, als sie von der Arbeit kommt, sitzt sie an ihrem Küchentisch und denkt an seinen Küchentisch.

Auf dem winzigen Küchenbalkon gurren die Tauben. Wütend reißt sie die Tür auf und klatscht in die Hände. Träge fliegen sie davon. Auf dem Betonboden liegen ein paar schlampig zu einem Kreis angeordnete Zweiglein. Sie fegt sie zusammen und wirft sie fort. Die Tauben setzen sich in die Dachrinne und gurren empört, warten nur darauf, daß sie wieder verschwindet, um sich ein neues Nest bauen zu können.

Sie hält sich die Ohren zu.

Die nächsten Tage geht sie nicht auf den Friedhof, obwohl er doch sowieso nicht kommen kann. Er kann ja nicht laufen. Vielleicht sollte ich ihn anrufen, denkt sie, ihn fragen, wie es seinem Fuß geht. Nein, ich bin noch lange nicht so weit. Niemals mehr. Nein. Nein. Nein.

Statt dessen geht sie in den Englischen Garten, der überfüllt ist bei dem warmen Frühlingswetter. Dort blubbert es von Leben wie in einem Whirlpool. Sie vermißt die Grabsteine, die Gegenwart des Todes. Überall so gräßlich viel Leben. Kinder brüllen, Liebespaare sitzen knutschend auf den Bänken, Rollerblader ziehen bereits ihre T-Shirts aus, die Biergärten haben geöffnet, die Vögel ihre Brutkleider angelegt.

Babette flieht auf ein Biergartenklo. An der Innenseite der Tür steht: *Suche Frau, die mit mir ficken will 10 × am Tag. Wenn sie ein Kind bekommt zahle ich auch Unterhalt. Habe ein schöne Schwanz. Antwort bitte hier. Komme jeden Tag. Bin 33 Jahre. Alter Aussehen egaaal. Wann wo Uhrzeit.*

Babette fängt an zu weinen. Das hat sie nur selten getan, aber hier, auf dem Biergartenklo, weint sie, bis ihr die Lungen schmerzen. Wie krank wankt sie nach Hause. Im Bett schreibt sie an Fritz, und wenn sie nicht nachdenkt, schreibt er zurück.

Lieber Fritz, ich habe jemand kennengelernt. Aber ich will niemanden kennenlernen.

Ach, meine Kleine. Du weißt doch, daß ich gar nicht will, daß du so lebst, wie du es jetzt tust.

Aber ich kann nicht anders. Ich will das ganze Theater nicht, und am Ende kommt dann doch immer das Ende.

Du bist doof, und das weißt du auch.

Hilf mir.

Geh hin und schnapp ihn dir.

Ich kann nicht.

Ich liebe dich.

Ich dich auch.

Jeden Tag, wenn sie von der Arbeit kommt, haben die Tauben schon wieder ihr lausiges Nest gebaut. Schreiend vertreibt sie sie, wirft die Zweige fort. Und trotzdem liegt dort irgendwann das erste Ei. Mit einem Löffel befördert sie das Ei ins Klo.

Haut ab, ihr Ratten der Lüfte, brüllt sie und wundert sich, daß sie zittert vor Wut. Der Täuberich setzt sich auf den Lüftungsschacht vom Bad.

Ruckediku, ruckediku, gurrt er in ihr Ohr.

Fuck you, schreit Babette und hämmert mit einem Löffel auf das Abflußrohr, bis die Nachbarn rufen: Ruhe im Haus!

Erst Wochen später geht sie wieder auf den Friedhof. Er ist natürlich nicht da. Mit *dem* Fuß, wie denn auch? So was dauert. In ihrer Abwesenheit sind kleine, blaue Blümchen um die Grabsteine herum erblüht. Stimmt es, daß die Toten die Erde so fruchtbar machen? Wird man wirklich am Ende eine kleine Blume? Die Knospen an den Bäumen sind zum Platzen dick. Einsam surrt eine Fliege vorbei. Babette vermeidet die Bänke. Erst, als sie eigentlich schon auf dem Weg hinaus ist, sieht sie an der Bank HOFFNUNG einen kleinen verwaschenen Zettel hängen: *Liebe Helferin in Schwarz. Konnte nicht kommen wegen meinem Hinkefuß. Aber morgen? Thomas.*

Welcher Morgen war gemeint? Heute? Oder morgen? Oder gestern? Vor zwei Wochen? Helferin in Schwarz, murmelt sie und schließt die Augen in der Sonne. Sie genießt die orangerote Wärme auf ihren Augenlidern und spürt, wie sie ganz langsam auftaut wie ein Block Tiefkühlspinat. Ihre Ecken und Kanten werden weich, und die Wärme robbt sich mühevoll vor in ihr Innerstes, das noch lange, lange nicht auftauen wird, das weiß sie ganz genau – und dennoch bleibt sie auf dem Rückweg vor einer kleinen Boutique mit einem meerblauen, ärmellosen Kleid in der Auslage stehen.

Widerwillig pellt sie sich aus ihren schwarzen Hüllen. Weiß, schutzlos und unerwartet weich erscheint ihr ihr Körper im grellen Licht der Umkleidekabine. Kühl wie Wasser fällt der blaue Stoff über ihre Haut. Schüchtern tritt sie heraus, der Boden eisigkalt unter ihren Füßen, Gänsehaut auf ihren nackten Oberarmen. Sie fühlt sich wie ein gerupftes Huhn im Sommerkleid.

Der Verkäufer, ein ganz offensichtlich schwuler, untersetzter junger Mann mit Glatze und roten Backen wie ein Kind, betrachtet sie kritisch, um dann begeistert in die kleinen, dicken Hände zu klatschen.

Dieses Kleid! ruft er, dieses Kleid wird Ihr Leben verändern!

Der zweite Verkäufer hinter der Theke, wahrscheinlich ebenfalls schwul, aber unauffällig, schlaksig, dunkelhaarig, gutaussehend, sieht zweifelnd drein, aber jetzt kann Babette nicht mehr anders, sie kann den Rosenbäckigen nicht enttäuschen. Sie ist so leicht erpreßbar, also zahlt sie ein Heidengeld für das Kleid, weil sie hofft, daß es aus ihr jemand macht, der sie gern wäre und doch niemals mehr sein kann.

Ich habe mir ein Kleid gekauft in einem wunderschönen Blau, so blau wie das Meer von Bali.

Hör auf damit!

Du würdest mich drin mögen.

Ich werde dich darin mögen. Ich werde dich sehen und dich wunderbar finden.

Ich möchte nicht, daß du mir dabei zusiehst.

Dann werde ich wegsehen.

Dann weiß ich, daß du wegsiehst.

Glaubst du denn wirklich, daß ich dich sehen kann?

Nein. Das ist es ja gerade.

Ich liebe dich.

Ich dich auch.

Alfred hat wirklich geglaubt, daß Kleider unser Leben verändern, daß unsere Verhüllungen unser Leben bestimmen.

Am Ende war er nackt. Niemand versuchte mehr, ihm noch eins von diesen blöden Krankenhauskitteln anzuziehen, die hinten offen sind und aus jedem ein hilfloses Kind machen.

Sein Körper wirkte jung und unversehrt, bis zum Schluß. Das war das eigentlich Schockierende, daß man dieser Hülle nichts ansah. Außen ging es weiter wie gehabt, während innen bereits alles zusammengebrochen war, nichts mehr funktionierte außer seinem Herzen.

Er hat ein sehr starkes Herz, sagte die Krankenschwester. Das hieß: Es wird lange dauern.

Alfreds Eltern kamen. Seine Mutter legte ihren Kopf an Florians Brust und weinte. Ich bin schuld, flüsterte sie ihm ins Ohr, ich bin schuld mit meinen beschissenen Genen.

Alfreds Elternhaus lag etwas außerhalb von Füssen auf einem Hügel inmitten einer Bungalowsiedlung aus den siebziger Jahren mit freiem Blick auf Neuschwanstein. Vor fast zehn Jahren fuhren sie zum ersten Mal dorthin, Schwiegereltern kennenlernen, nannte Alfred es grinsend. Aber hab keine Angst, sie sind ganz harmlos, ganz durchschnittlich verklemmt.

Mir schwant nichts Gutes, sagte Florian düster.

Da liegst du genau richtig. Vom Wohnzimmer aus kannst du Neuschwanstein sehen, lachte Alfred, als sie in die Garageneinfahrt fuhren. Und schau, da kommt auch schon die Königinmutter!

Frau Britsch war drahtig und braungebrannt, die Haare trug sie offen in einer blondgesträhnten Löwenmähne. Barfuß kam sie ihnen in Jeans und einem blauweiß gestreiften Männerhemd entgegengelaufen.

Kommt doch rein, kommt doch endlich rein! rief sie nervös und riß die Autotür auf.

Sie duzte Florian von Anfang an wie einen alten Schulfreund von Alfred. Florian war einfach ein Junge aus Alfreds Klasse, den Alfred mit nach Hause gebracht hatte, schien sie beschlossen zu haben. So einfach war das. Ein netter Klassenkamerad. Mit den Jungs konnte man auch schnell noch eine Zigarette rauchen und einen Campari trinken, bevor ihr Mann nach Hause kam und die Dinge förmlich wurden.

Unser Herr im Haus kann's nämlich gar nicht haben, wenn wir rauchen, vertraute sie Florian an.

Alfred raucht nicht mehr, sagte Florian.

Wirklich?

Er hat vor vier Monaten aufgehört.

Alfred schwieg.

Das ist ja toll, sagte sie. Na, so viel Willenskraft hab ich nicht. Ich brauche meine kleinen Laster. Sie lachte und warf die Haare nach hinten. Früher haben Alfred und ich manchmal nachts zusammen einen Joint geraucht. Heimlich, hier im Garten. Stimmt's?

Alfred schwieg und Florian lächelte.

Ist ja schon gut, sagte sie, und ihr Lächeln erstarb.

Später lagen sie alle drei auf Liegestühlen im Garten und taten total entspannt, Alfreds Mutter in einem knappen, geblümten Bikini.

Die hat höchstens Kleidergröße 36, dachte Florian, nicht schlecht für ihr Alter. Er fühlte sich verklemmt und unsicher wie mit sechzehn, in einer alten Badehose von Alfred, die ihm Frau Britsch rausgekramt hatte, ein dunkelblaues, enges Etwas mit einem roten Streifen an der Seite. Die Beinausschnitte kniffen, und seine Geschlechtsteile erschienen ihm darin unangenehm groß.

Alfred war tatsächlich eingepennt, sein glatter, flacher Bauch hob und senkte sich in ruhigen Atemzügen.

Das kann er doch nicht machen, einfach einschlafen und mich hier hängenlassen, dachte Florian. Verstohlen streckte er die Hand nach Alfred aus, und gerade, als sie auf Alfreds Bein zu liegen kam, drehte sich Frau Britsch auf den Bauch und hob den Kopf.

Ist das heute heiß! rief sie. Ich glaube, ich brauche eine Abkühlung! und damit sprang sie betont behende auf, griff den Gartenschlauch und stellte das Wasser an.

Florian wußte, was kommen würde. Und natürlich richtete sie den Wasserstrahl auf sie beide, zwang sie, wie die kleinen Kinder kreischend herumzuspringen, ihr den Schlauch abzujagen, sich zu rächen, alles naßzuspritzen, bis der Rasen unter ihren Füßen schlammig wurde. Sie lachten gehorsam, bis sie nicht mehr weiterwußten und einfach nur noch so dastanden, drei Menschen im Garten, in einem Dreieck aufgestellt, die Hände in den Hüften, Frau Britsch starrte Florian auf die Badehose. Er konnte ihre Kokosnußsonnenmilch riechen.

Ich zeig ihm mal ein bißchen die Gegend, murmelte Alfred.

Mach das doch, sagte seine Mutter und strich sich die nassen blonden Haare aus dem Gesicht. Sie wirkte mit einem Mal unsicher und ein wenig lächerlich in ihrem knappen Bikini, so als sei sie für die Gelegenheit falsch gekleidet. Im Stehen war ihre Figur nicht mehr so gut wie im Liegen. Kühl beobachtete Florian ihre kleinen, schlaffen Fettpolster am Bauch und an den Schenkeln. Sie verschränkte unter seinem Blick die Arme vor der Brust und winkelte ein Bein ab. Zeig ihm doch Neuschwanstein. Das muß man schon gesehen haben.

Mein Gott, sagt Florian im Auto.

So schlimm? fragt Alfred.

Du, du bist schlimm.

Wieso?

Du behandelst mich wie Luft.

Du spinnst.

Du siehst mich nicht an.

Das bildest du dir ein.

Du läßt mich hängen, sagt Florian und sieht zum Fenster raus. Grüne Weiden, braune Kühe, blauer Himmel. Diese langweilige Natur, die sich nicht verbessern läßt. Und du läßt mich einfach hängen.

Sie mieten ein Boot, und Alfred rudert Florian über den

Alpsee. Davon gibt es ein Foto, das Florian sich später noch oft ansehen wird. Alfred mit schwarzen, feuchten Locken, die ihm ins Gesicht hängen, nacktem, gebräuntem Oberkörper, eine goldene Oakley-Sonnenbrille auf der Nase, grinsend, frech und attraktiv, stark und so gesund.

Ich möchte dich gern küssen.

Florian! Hör auf mit dem Quatsch! Wir kentern, setz dich wieder hin!

Florian setzt sich wieder. Der See glitzert so sehr, daß es ihn blendet. Er legt die Hand über die Augen.

Jetzt sei doch nicht so empfindlich, sagt Alfred. Meine Güte. Ist schon schön hier, oder?

Er deutet auf das gelbe Schloß von Hohenschwangau. Da hat die Mami gewohnt, und da – er zeigt auf das leuchtendweiße Neuschwanstein – der schwule Sohn. Perfekt.

Er lacht, schüttelt den Kopf. Sie schweigen. Die Ruder klatschen ins Wasser. Hast du gesehen, daß sie nur eine Brust hat? Haben sie ganz gut hingekriegt. Vor einem halben Jahr haben sie ihr die Brust abgenommen. Und sie hat mir nichts erzählt. Auch meinem Vater nicht. Bis es passiert war. Sie hält uns für Schwächlinge. Sie muß durch die Hölle gegangen sein. Ohne ein Wort. Wenn man es nicht wüßte, würde man's nicht sehen, oder?

Alfred hört auf zu rudern, nimmt die Sonnenbrille ab und kneift die Augen zusammen. Ihre Haare sind auch gar nicht ihre Haare, und Joints raucht sie wegen der Nebenwirkungen von der Chemotherapie. Er wischt sich über die Augen. Ich brauch dich, du Idiot, sagt er.

Am Ufer wachsen weiße Seerosen im Überfluß. Wie Kronen liegen die Blüten auf den ovalen Blättern. In ihrer ersten gemeinsamen Kollektion wird es ein Seerosenkleid geben aus weißer, plissierter Seide mit grünen Satinaufschlägen an den Ärmeln und gelber Stickerei am Kragen. Sie werden nie darüber sprechen, aber beide werden wissen, daß es mit ihrem ersten Ausflug an den Alpsee zu tun hat. Wie eng gewebt das Netz gemeinsamer Erinnerungen war und wie flüchtig viele Erinnerungen ohne den anderen sind, merkt Florian, als er ohne Alfreds Gedächtnis leben muß. Welcher See war das? Der Alatsee oder der Alpsee? Er erinnert sich, wie Alfred hoch oben auf einem Baum steht, ihm zuwinkt, sich dann an einem Seil über den See schwingt wie Tarzan und sich kreischend in das eiskalte grüne Wasser hineinfallen läßt. An was hätte Alfred sich erinnert?

Ich hab dir das Gästezimmer vorbereitet, sagt Frau Britsch lächelnd zu Florian. Sie fährt sich durch die blonde Löwenmähne.

Schlaft schön.

Sie gibt beiden einen Kuß. Alfred schläft in seinem alten Kinderzimmer. Florian stellt sich vor, wie Frau Britsch ihn zudeckt, auf einer blauen Bettdecke mit kleinen Bären sitzt, ihm die Haare aus der Stirn streicht.

Tja, dann schlaf mal schön, sagt Alfred mit einem schiefen Grinsen und öffnet seine Tür. Er hebt bedauernd die Schultern, kommt noch einmal zu Florian und gibt ihm einen schnellen, verstohlenen Kuß, der schlimmer ist als gar keiner.

Ist doch nicht so schlimm, sagt Florian und geht die knarrende Treppe hinauf zum Gästezimmer.

Auf dem Handtuch liegt eine kleine Seife wie in einem Hotel.

Er setzt sich aufs Bett und lauscht den Geräuschen im Haus. Er hört Alfreds Vater husten, die Stimme seiner Mutter. Den ganzen Abend hat Florian sich bemüht, ihr nicht auf die Brust zu starren. Beim Abendessen trug sie einen leuchtendgrünen Kimono mit einem roten Gürtel. Eine frühe Kreation von Alfred. Florian versucht sich Alfred und seine Mutter an der Nähmaschine im Wohnzimmer vorzustellen, während draußen die Sonne über Neuschwanstein und Hohenschwangau untergeht.

Er muß aufpassen, daß er nicht anfängt, blöd zu kichern. Sie reden über Reisen, da kann man nichts falsch machen. Um ein Haar zeigt ihnen Alfreds Vater seine Dias von Ägypten.

Zeig uns lieber die Filme, sagt Alfred seufzend, und seine Mutter klatscht in die Hände.

Ja, Schatz, ruft sie, bitte, bitte!

Umständlich baut Herr Britsch den Projektor auf, Alfred und Florian die Leinwand. Alfred verdreht die Augen. Hinter der Leinwand berührt Florian schnell Alfreds Hand, während schon Super-8-Filme aus Italien und Spanien darüberflackern, ein kleiner, dünner Alfred, der immer wieder in einen Swimmingpool springt, eislutschend und in Lederhose an der Hand seiner Mutter in einem Sommerkleid aus weißer Spitze und mit einer riesigen, schwarzen Sonnenbrille auf der Nase. Später dann Alfred als fünfzehnjähriger langer Lulatsch mit pechschwarzen zotteligen Haaren, die ihm ins Gesicht fallen wie einem Hirtenhund. Er hält seine plötzlich klein und zierlich wirkende Mutter im Jeansanzug an der Hand, nicht mehr sie ihn, sondern er sie.

Frau Britsch lacht und trinkt ein bißchen viel.

Guck doch mal! ruft sie immer wieder. Wie ich da aussehe! Unmöglich!

Auf den wackligen Bildern in verwaschenen Farben verliebt Florian sich in einen Alfred, den er bisher nicht kannte: schüchtern, ungelenk, anders als die andern, weil er so gern Zeit mit seiner Mutter verbringt. Muttersöhnchen. Memme. Waschlappen. Der kleine Alfred. Vor lauter Liebe kann er kaum atmen, und er muß ein wenig von Alfred, der neben ihm auf der Couch sitzt, abrücken, um nicht über ihn herzufallen.

Alfreds Vater beobachtet ihn aus dem Augenwinkel. Er spricht kaum, er bedient den Projektor, schenkt Wein nach, wechselt die Filmrollen. Mit einem kleinen Kopfnicken betrachtet er seine kleine Familie am Strand vor zehn, fünfzehn Jahren, und alles, was er sagt, ist Fuerteventura '78. Elba '82. Mallorca '84.

Florian träumt vom Meer, er spürt Sand unter den Füßen, er hat eine zu enge Badehose an, über ihm kreischen die Möwen, oder sind das Frauen in weißen Kleidern? Da geht die Tür auf. Alfred zwängt sich unter die Bettdecke, legt ihm die Hand auf den Mund, das Bett quietscht.

Leise, sagt Alfred, leise. Nicht so laut. Er lacht. Jetzt sei doch nicht so laut!

Ich kann nicht anders, stöhnt Florian. Ich liebe dich so.

Als Florian am Morgen die Treppe hinunterkommt, ist alles noch still. Vorsichtig betritt er das Wohnzimmer. Er hat Angst, Herrn Britsch über den Weg zu laufen. Es riecht nach Zigarettenrauch und Rotwein. Heute sind die Berge verhangen, Neuschwanstein ist nicht zu sehen. Waren sie wirklich gestern dort? Gibt es Neuschwanstein überhaupt? War Alfred in der Nacht bei ihm? Alles ein Traum.

In der Küche hört er Geräusche. Er hofft, daß es Alfred ist, aber es ist seine Mutter. Sie steht mit abgewandtem Gesicht an der Spüle, Kaffee tröpfelt langsam durch die Kaffeemaschine.

Guten Morgen, sagt Florian eine Spur zu laut.

Sie murmelt etwas, das er nicht versteht. Ihr Morgenrock ist aus einem grünen Dirndlstoff genäht, den Florian wiedererkennt. Alfred hat ihm einmal einen ganzen Abend lang die Dirndl seiner Großmutter vorgeführt, am eigenen Körper, mit Schürze und Bluse. Ganz allerliebst.

Florian grinst. Ihre Schultern im Dirndlstoff heben und senken sich, da erst merkt Florian, daß sie weint.

Entschuldigung, sagt er erschrocken und will wieder gehen. Da wendet sie sich ihm zu. Ihr Gesicht ist blaß und verquollen. Die blonden Haare stehen ab und wirken viel zu füllig für ihren kleinen Kopf.

Wie konntet ihr? stößt sie hervor. Wie konntet ihr nur?

Sie kommt auf ihn zu. Florian weicht zurück, wie als Kind hat er den Reflex, alles zu leugnen.

Wie könnt ihr mich so hängenlassen? fragt sie und schluchzt auf. Wie könnt ihr mir das antun? Habt ihr denn überhaupt keine Gefühle? Muß ich mir das alles anhören?

Sie schlägt Florian mit der flachen Hand ins Gesicht, er

wehrt sich nicht. Da läßt sie unvermittelt ihren Kopf an seine Brust sinken, er legt ihr den Arm um die zuckenden Schultern, die Kaffeemaschine tropft, und draußen zwitschert eine Amsel.

Alfred erzählt seinen Eltern lange nichts von seiner Krankheit. Das kann ich meiner Mutter nicht antun, das kann ich einfach nicht. Sie wird sich die Schuld geben, wie sie sich immer die Schuld gibt. Und mit dieser Schuld wird sie mich erpressen. Ihre Gene, wird sie meinen, sind an meiner Krankheit schuld.

Auf japanisch, hat Alfred Florian erzählt, sei das Wort für Haut und Kleid identisch. Ein berühmter japanischer Modeschöpfer habe das in einem Interview gesagt. Er, der als kleines Kind Hiroshima überlebt habe, habe wochenlang rohe Eier auf der verbrannten Haut seiner Mutter verrieben und ihr so das Leben gerettet.

Daß der Mann heute Klamotten macht, verstehe ich, sagte Alfred. Und du?

Florian nickte, obwohl er es eigentlich nicht verstand, und da zog Alfred seinen Kopf zu sich heran und küßte ihn zum ersten Mal.

Florian küßt Alfred zum letzten Mal. Er denkt: Dies ist also das letzte Mal, aber er versteht es nicht.

Die Krankenschwester nimmt ihn sanft am Arm und zieht ihn aus dem Zimmer. Er geht brav mit ihr hinaus, um dann doch noch einmal zurückzulaufen, das Leintuch zurückzuschlagen und Alfreds Körper noch ein Mal, ein letztes Mal zu betasten. Er muß sich sicher sein. Der Körper hat sich noch nicht verändert, ist noch warm, weiß und weich, und dennoch spürt Florian jetzt ganz deutlich, daß Alfred ihn nicht mehr bewohnt. Er ist ausgezogen. Weg. Wie ein Einsiedlerkrebs hat er diesen Körper verlassen und sucht sich vielleicht schon einen neuen. Das wäre doch nett, wenn ich daran glauben könnte. Florians Hände wandern über die Haut, die er so gut kennt und die ihm zunehmend fremd wird. Diese Hülle ist nicht mehr Alfreds Hülle, sondern eine x-beliebige. Ganz gut geschnitten, Größe 54, eine gute 54, hätte Alfred gesagt.

Die graue Maus kaufte das blaue Kleid, und Florian nahm ihre Kreditkarte entgegen. Babette Schröder. Als sie gegangen war, drehte Alfred sich befriedigt zu ihm um.

Das ist ein richtig gutes Kleid, sagte er. Weißt du das? Ein richtig gutes Kleid!

Am nächsten Morgen wachte er mit vierzig Fieber und einer Lungenentzündung auf und kam nie mehr zurück in den Laden.

Es dauerte lange, bis er Schritte hörte und die Tür geöffnet wurde. Sie trug ein unförmiges, graues Sweatshirt, ihre Haare waren ungewaschen, die Nase verschnupft, aus der Wohnung quoll der Geruch von Wick Vaporub wie eine Ladung Kindheit.

Ja? sagte sie unwirsch.

Florian redete stockend und unzusammenhängend von einem blauen Kleid, mißtrauisch musterte ihn Babette Schröder und wartete drauf, daß er endlich mit seinem Zeitungsabonnement oder Hilfe für jugendliche Straftäter oder

Erweckungsversprechen der Zeugen Jehovas herausrücken würde. Aber als er bei der Erwähnung von Alfreds Namen plötzlich in Tränen ausbrach, nahm sie ihn am Arm, zog ihn in ihre kleine, gefängnisartige Wohnung, drückte ihn auf das Ikeasofa und gab ihm eine Tasse von ihrem Kamillentee.

Florian heulte hemmungslos, und sie ließ ihn, holte das blaue Kleid und hängte es an die Wohnzimmertür.

Es hatte dünne, eingetrocknete Schweißränder unter den Armen, das sah Florian sofort. Und einen kleinen Fettfleck am Saum. Auf keinen Fall waschen, nur chemisch reinigen. Florian senkte schniefend den Kopf über seinen Tee, der ein bißchen muffig roch. Schweigend betrachteten sie das Kleid, das in dem düsteren Zimmer hing wie ein Stück blauer Himmel. Auf dem kleinen Balkon gurrten die Tauben.

Ratten der Lüfte, murmelte Florian und putzte sich die Nase.

Babette Schröder lachte. So nenne ich sie auch, sagte sie.

Ich fürchte mich vor ihnen, sagte Florian.

Ich hasse sie, sagte Babette. Ihre Geilheit und ihre gräßliche Lebenslust. Ich schmeiße ihre Eier weg und zerstöre ihre schlampigen Nester. Es ärgert mich, daß sie so scheußliche Nester bauen. Ungemütlich und völlig geschmacklos.

Florian nickte. Sie haben so überhaupt keinen Stil.

Babette schenkte ihm Tee nach. Florian ließ seinen Blick durch die kleine Wohnung streifen. Sie wirkte vorläufig und gleichzeitig ein wenig ältlich. Ein antiker Schreibtisch stand neben einer Campingliege, der Wohnzimmertisch war eine aus Steinen und einer Glasplatte improvisierte Angelegenheit, das Ikeasofa, auf dem er saß, war abgeschabt und hatte

Flecke, nur der Teppich war schön, ein alter Kelim in kräftigen Farben.

Sie sah seinen Blick und lächelte. Ich will hier gar nicht heimisch werden, sagte sie, diese Wohnung ist nur ein Übergang.

Florian nickte.

Das Kleid von Ihrem Freund hat wirklich mein Leben verändert, fuhr sie fort. Eine Zeitlang. Jetzt läßt der Effekt leider nach.

Gleich am folgenden Tag ihres Kaufs hatte sie allen Mut zusammengenommen und sich in dem blauen Kleid auf die Bank mit der Aufschrift LIEBE gesetzt. Es war noch viel zu kalt für ein so dünnes Kleid, und außerdem war sein verstauchter Knöchel bestimmt noch nicht verheilt. Sie kam sich reichlich blöd vor, aber etwas zitterte in ihrem Inneren wie ein Goldfisch im Glas. An diesem Morgen hatte sie ausnahmsweise das Taubennest nicht zerstört, den blöden Viechern ihren Willen gelassen, aus Aberglauben. Wenn die turteln durften, dann sie vielleicht auch. Schon sechs kleine Eier hatte sie aus dem beschissenen kleinen Taubeneigenheim geholt und mit spitzen Fingern in den Abfall geworfen. Eine Mörderin, Abtreiberin. Gegen die Natur hatte sie gehandelt, jetzt würde sie bestraft werden.

Sie spürte, wie das Wort Liebe sich in ihren Rücken einzubrennen drohte wie ein Brandzeichen. Sie beschimpfte und verachtete sich, aber sie blieb sitzen.

Viele Minuten später, als ihre Hände und Füße schon ganz taub vor Kälte waren, kam er den Weg entlang auf sie zugehumpelt. Er erkannte sie nicht gleich in ihrem blauen

Kleid. Sie mußte an sich halten, um nicht aufzuspringen und ihm entgegenzulaufen wie ein kleines Mädchen.

Und weshalb? fragte sie sich, während er mühsam Schritt um Schritt zurücklegte, weshalb? Weil er gut roch? Weil sie mochte, wie sich seine Haut anfühlte? Weil er – wie sie – keine zueinander passenden Tassen im Küchenschrank hatte? Weil seine Ohrläppchen denen von Fritz ähnelten? Sucht man immer nur das, was man kennt? Was zum Teufel sollte das hier werden?

Er winkte, und ihr Herz hüpfte wie ein Schulkind auf dem Heimweg.

Sie sehen heute aus wie eine blaue Blume, sagte er lächelnd.

Novalis, entgegnete sie wie aus der Pistole geschossen und ärgerte sich. Sie hätte viel lieber ›pflück mich!‹ gerufen, nimm mich! Verspeise mich!

Aber das kam erst viel später, denn Thomas war schüchtern und sehr langsam, was Babette zeitweilig so sehr erboste, daß sie in ihrer kleinen Wohnung wütend auf und ab lief wie ein hungriger Tiger, schwor, sich nie, nie wieder bei ihm zu melden, nie mehr auf den Friedhof zu gehen. Dann würde er schon sehen!

Wenn sie es dann tatsächlich fertigbrachte, einen Tag lang fernzubleiben, klebte am übernächsten Tag ein kleiner Zettel an der Liebesbank: *Wo bist du? Mache mir Sorgen.*

Sie telefonierten nur selten miteinander, als fürchteten sie, durch die Abtrennung der Stimme von ihren Körpern sich zu verlieren, hilflos davonzuschweben wie Luftballons.

Babette bot sich ihm an wie ein Büffet, und er stand davor und konnte sich nicht entscheiden. Vielleicht nur eine

Vorspeise? Oder gleich die Nachspeise? Oder doch das Hauptgericht? Nein, lieber nicht. Er hatte eine Ehe hinter sich. Er hatte Angst.

Und ich? fragte Babette. Ich sollte Angst haben, nicht du.

Aber du hast keine schlechten Erfahrungen mit der Liebe gemacht, erwiderte er und hielt dabei ihre Hand auf eine Art und Weise, als habe er keine guten Nachrichten für sie.

Keine schlechten Erfahrungen?

Er ließ ihre Hand nicht los. Der Tod ist keine schlechte Erfahrung, er ist groß und schrecklich, sagte er mit Nachdruck, aber ich rede vom langsamen Dahinkümmern einer Topfpflanze, die man aus unerfindlichen Gründen nicht mehr gießt.

Meinst du damit deine Ehe? sagte sie ungläubig. Vergleichst du deine Ehe mit einer Topfpflanze?

Naja.

Und warum hast du sie nicht mehr gegossen? Weil du keine Lust mehr hattest, weil dir andere Blumen besser gefallen haben, weil du die Pflegeanleitung verlegt hattest oder weil du keinen grünen Daumen hast?

Er lächelte verlegen. Ja, sagte er, ich glaube, so könnte man das nennen, ich habe einfach keinen grünen Daumen für die Liebe.

Mehr erfuhr Babette nicht. Er weigerte sich, über seine Exfrau zu sprechen. Sie bekam keinen Namen, kein Gesicht. Hinter ihm gähnte ein schwarzes Loch, und er selbst blieb dadurch seltsam unscharf. Die einzige Möglichkeit, die Babette übrigblieb, ihn kennenzulernen, war ihn anzufassen, seinen Körper zu berühren, aber er ließ sich noch nicht einmal richtig küssen. Nur so ein paar Vogelküsse, peck, peck, und dann hielt er ihr die Tür auf oder brachte sie nach Hause.

Je mehr er sie hinhielt, um so mehr spielte ihr Körper verrückt. Sie kaufte sich Laufschuhe bei einer verhärmten Verkäuferin, die, wie sie bereitwillig erzählte, alles in ihrem Leben dem Joggen opferte.

Wenn man läuft, verliert alles andere an Bedeutung, sagte sie verklärt, das ist wunderbar.

Aha, sagte Babette zweifelnd und lief jetzt selbst um den Friedhof, um ihren Körper in Zaum zu halten. Es war ihr peinlich, wie wenig sie sich anscheinend von einem Gänseblümchen unterschied oder von den ausschlagenden Bäumen. Sie verstand jede pralle Knospe, jedes wild wuchernde Unkraut.

Sie kaufte sich weitausgeschnittene, enge, rote Shirts, kurze Röcke, schwarze Netzstrümpfe und Pumps. Er blieb unbeeindruckt.

Sie fragte ihn geradeheraus: Was soll das? Ich bin nicht mehr fünfzehn. Und selbst mit fünfzehn ging es schneller als jetzt.

Er raufte sich die blonden Haare und sah bedrückt zu Boden. Es tut mir leid, sagte er. Ich will nicht schwierig sein, ich möchte nur nichts vermasseln.

Aber wir könnten doch einfach mal feststellen, ob wir überhaupt zusammenpassen, wandte sie ein. Am Ende geht's gar nicht mit uns beiden.

Sie wollte keine Zeit vergeuden, aber das konnte sie ihm doch nicht sagen.

Er schüttelte langsam den Kopf, als würde er wirklich darüber nachdenken.

Sie beobachtete ihn aufmerksam und mißtrauisch wie eine Katze. Er wirkte von weitem sehr erwachsen, und je näher er kam, um so jungenhafter und ängstlicher wurde sein Ausdruck. Seine Topfpflanze war ihm eingegangen, seine Ehe, der Arme.

Fand sie das wirklich sympathisch? Hätte sie ihn jemals beachtet, wenn er ihr auf der Straße begegnet wäre? Hätte sie aufgesehen? Sich nach ihm umgedreht?

Sie fing an, für ihn zu kochen. Oft kam er erst spät aus dem Krankenhaus, aschfahl im Gesicht vor Anstrengung, seine Hände rochen pudrig nach OP-Handschuhen. Sie saß in seiner Küche und wartete auf ihn. In den ersten Tagen durchpflügte sie seine Schubladen und Regale. Sie fand kein einziges Foto, keinen einziges Hinweis auf seine Vergangenheit. Das war seltsam, aber auch beruhigend. Sie mußte gegen niemanden antreten, die Gespenster seiner Vergangenheit hielten sich dezent im Dunkeln auf.

In seinem Badezimmerschränkchen, weit nach hinten geschoben, hinter Echinacin, Aspirin und milden Schlaftabletten, entdeckte sie eine Packung Viagra. Sie war angebrochen, aber es fehlte nur eine Tablette. Laut Verfallsdatum war die Packung schon älter. Die Packung beschäftigte sie. Machten all ihre Bemühungen überhaupt noch Sinn?

Sie ging dazu über, sich angezogen in sein Bett zu legen, wenn es spät wurde. Manchmal träumte sie von Fritz. Immer nur Alpträume. Nie erschien er ihr in goldenem Licht und winkte ihr oder ließ sie wissen, daß er glücklich sei. Nein, er irrte halb verbrannt durch ihre frühere gemeinsame Wohnung und schrie, er wolle nicht sterben. Oder er ließ sich nicht in den Sarg stopfen, sondern bäumte sich auf und wehrte sich verzweifelt gegen schwarzgekleidete Männer in Sarongs, die ihn zurückstießen und mit vereinten Kräften den Sargdeckel zuhielten. Babette stand starr in einer Ecke und sah zu. Nichts konnte sie tun. Sie konnte ihm nicht helfen. Ihr war heiß und übel, und sie hoffte, es möge endlich vorbei sein, er möge endlich Ruhe geben und sich in sein Schicksal fügen.

Thomas weckte sie aus diesem Traum, und es dauerte eine Weile, bevor sie bemerkte, daß er nackt war. Benommen und noch mit einem dumpfen Schmerz in der Brust, ließ sie sich von ihm ausziehen. Sie trug das blaue Kleid. Er warf es auf den Boden. Sie war verwirrt und wußte nicht recht, wo sich ihre Essenz wirklich gerade aufhielt: im Traum mit Fritz, im Bett mit Thomas oder in dem Kleid. Sie fürchtete sich, ihren Blick von dem blauen Kleid abzuwenden und Fritz zu entdecken, der ihr zusah, wie sie einen anderen Mann liebte.

Es war alles ganz anders, als sie es sich vorgestellt hatte, so verwaschen und unklar. Sie wußte nicht, wer sie war, hier mit diesem Thomas, der sich wirklich Mühe gab.

Danke, flüsterte sie.

Du spinnst, sagte er.

Sie weinte unter ihm ins Kissen. Verwirrt wischte er ihr die Tränen ab, sie schüttelte den Kopf. Alles in Ordnung, sagte sie, alles in Ordnung. Wirklich. Sie war wieder unter den Lebenden, und das war komplizierter, als sie gedacht hatte.

Spät in der Nacht schlich sie ins Badezimmer und sah im Medikamentenschränkchen nach. Er hatte sich gar nicht die

Mühe gemacht, die Packung zu verstecken. Es fehlte eine zweite Tablette.

Sie versuchte zu sortieren, ob sie beleidigt, verletzt, enttäuscht war, weil ja offensichtlich ihre Ausstrahlung, ihre überwältigende Persönlichkeit, ihre Netzstrümpfe und das blaue Kleid allein es nicht geschafft hatten, ihn zu verführen. Sie wühlte durch ihre verschiedenen Gefühle wie durch eine unaufgeräumte Schublade und wies ihm die Schuld für ihre Verwirrung zu.

Er nahm Viagra, dann konnte es keine Liebe sein.

Versteh ich nicht, sagt Florian.

Naja, sagt Babette und schenkt ihm Kamillentee nach. Es geht hier letzten Endes nur um Sex, egal, wie, verstehen Sie? Auch wenn er so ewig dazu gebraucht hat, aber am Ende geht es nur darum. Sie müßten das doch eigentlich verstehen...

Wieso?

Ach, weil Sex bei schwulen Männern doch die Hauptsache ist, oder?

Wenn es nicht Liebe ist, sagt Florian und wischt sich die Schweißperlen von der Stirn. Der Kamillentee hat ihn ins Schwitzen gebracht.

Wenn es nicht Liebe ist, wiederholt Babette. Sie schweigen. Das blaue Kleid bewegt sich leicht im Zugwind der offenen Balkontür.

Sie haben ein wenig tschechische Zeitung im Kleid, wußten Sie das? Wir haben das Kleid in Tschechien nähen lassen. Der Organzastoff ist ständig gerissen, bis Alfred auf die Idee kam, in die Nähte Zeitung mit einnähen zu lassen.

Babette steht wie aufs Stichwort auf und untersucht die Nähte an ihrem Kleid. Mit dem Fingernagel pult sie ein klein wenig Zeitungspapier heraus.

Wir sind dann selbst hingefahren, um die Kleider abzuholen, erzählt Florian. Wir wohnten in Prag in einem verstaubten Hotel, das wirkte wie in einem Dornröschenschlaf. Die Kellner, in roten Livrees, bewegten sich in Zeitlupe. Drei blaue Kleider hingen in unserem Kleiderschrank. Keine Ahnung, was die Zimmermädchen von uns gedacht haben. Wir lagen in einem großen eichenen Ehebett und sahen *Die Brücken von Madison County* auf dem Pay-TV-Kanal. Wir heulten uns die Augen aus dem Kopf über Meryl Streep und Clint Eastwood und ihre vergebliche Liebe, und wir wußten beide, daß wir um uns heulten und nicht um die. Ich massierte Alfreds Hände und Füße. Er hatte immer kalte Hände und Füße nach den Chemos. Als er morgens aufwachte und seine letzten Haare auf dem Kopfkissen fand, sah er aus wie ein erschrockener Säugling.

Warum passiert uns das? Warum uns? Wir sind doch das einzige glückliche schwule Paar weit und breit.

Wehe, du fragst noch ein einziges Mal, warum, sagte Alfred. Dann verprügele ich dich.

Wir gingen die Wenzelsbrücke entlang. Ein älteres, blindes Musikantenehepaar stand auf der Brücke, sie sang, er spielte Akkordeon. Die Frau trug ein gelbes Kleid mit roten Punkten und wiegte ihre breiten, gepunkteten Hüften im Takt.

Von all den Chemos kann man auch blind werden, sagte Alfred und lächelte, als stünde er mit mir auf einer Teeparty und mache Konversation. Hast du das gewußt? Oder man bekommt einen Herzinfarkt. Krebs weg, aber Herz kaputt. Die Chemie, die sie einem ins Blut träufeln, ist ein Kampfgas aus dem Ersten Weltkrieg. Kein Wunder, daß einem da die Spucke wegbleibt.

Und dann fragte er in dem gleichen höflichen Tonfall die blinde Frau, ob er ein Foto von ihr machen dürfe, ihm gefalle ihr Kleid so gut.

Sie ließ es geschehen, stellte kokett einen Fuß vor den anderen und wartete auf das Klicken der Kamera. Wir kauften ihr eine Kassette ihrer Musik ab. Das Cover war eine mit Buntstift kolorierte Fotokopie von ihr und ihrem Mann. Sie trug dasselbe Kleid, aber die Farben waren falsch. Wir hörten auf der ganzen Rückfahrt nach München ihre Musik. Schwere, böhmische Balladen, die uns beide schon wieder zum Heulen brachten, aber dieses Mal war's ein schönes, kitschiges Heulen, was nicht Wunden reißt in der Brust, sondern ein Weinen wie früher, von dem man weiß, wenn es aufhört, ist alles wieder gut.

Ja, sagt Babette, ich weiß genau, was Sie meinen, und dann schweigen sie wieder und hören dem Gegurre der liebeskranken Tauben zu.

Wenn sie wenigstens anständige Nester bauen würden, fängt Babette wieder an. Aber sie schleppen sogar Plastikfetzen auf meinen Balkon. Und dann setzen sie sich mit ihren dicken Hintern direkt in meine Geranien und zerquetschen sie.

Ja, sagt Florian.

Das Kleid verpackt er liebevoll in eine mitgebrachte Plastikhülle.

Sie sollten nicht aufgeben, sagt er zu ihr wie ein Großvater, der seine Enkelin ermuntert, brav weiter Schlittschuhlaufen zu üben. Manchmal wird dann doch Liebe draus.

Ach, sagt sie und winkt ab. Ich hatte eine, und vielleicht ist das schon mehr, als die meisten bekommen. Eine im Leben muß vielleicht reichen. Und ich kenne doch alles, was dann kommt: Zusammenziehen, die Fernbedienung vom Fernsehen ihm überlassen, später ein zweites Gerät kaufen, damit man sich nicht ins Gehege kommt, wandern in den Bergen im Herbst, der ganze Kram der Mittelalterlichen.

Er mustert sie, als wolle er ihre Kleidergröße abschätzen. Dafür würde ich meine rechte Hand geben, sagt er schließlich, und da fangen dann beide an zu heulen.

Entschuldigung, sagt sie lapidar.

Mit einem Besen rennt sie auf den Balkon und schlägt nach den Tauben.

Ich hasse euch, schreit sie unter Tränen. Ich hasse euch! Haut ab! Verdammt noch mal!

Wenn sie nicht für Thomas kocht, gehen sie zum ›kleinen Vietnamesen‹, eigentlich ein Imbiß, aber mit Klo und Sitzecke. Es ist ihr Ort geworden, sie haben ihn entdeckt, keiner sonst kennt ihn. Das Essen ist gut, aber es ist kein richtiges ›Essen gehen‹, es fühlt sich nicht förmlich an, es verpflichtet sie zu nichts. Davor haben sie die größte Angst: sich einander verpflichtet zu fühlen. Babette besteht darauf, daß sie abwechselnd zahlen, und er läßt sie, weil er ihr keine Hoffnungen machen möchte auf etwas, was größer und länger und komplizierter werden könnte wie eine Reise in ein unbekanntes Gebiet. Nein, keine Expeditionen, nur kleine, überschaubare Ausflüge möchte er machen.

Sie bestellen immer das gleiche, zwei Suppen, einen Glasnudelsalat, den sie sich teilen, Thomas Ente, Babette Tofu mit Gemüse.

Den Salat teilt sie so gerecht, daß es schon fast beleidigend ist. Schließlich waren sie bereits achtmal in weniger als zwei Monaten miteinander im Bett, da braucht man nicht mehr so pingelig gerecht zu sein, da wäre es schon fast in Ordnung gewesen, vom Teller des anderen zu picken.

Aber nein, sie halten eine Distanz ein, die sie zwar atmen läßt, aber beide auch schmerzt. Sie wissen es und können es nicht ändern.

Babette hat ihm jedesmal genügend Zeit gelassen, sein Viagra zu nehmen. Sie hat behauptet, sie wolle unbedingt noch die Tagesthemen sehen oder eben noch diese zwanzig Seiten eines Romans fertiglesen. Es braucht mindestens eine halbe Stunde, um zu wirken. Sie fragt sich, woher sie das überhaupt weiß. Sie kann sich gut an die Witze und Gerüchte erinnern, als das Medikament herauskam. Es wurde behauptet, in Neapel würden kleine, blaue, rhombenförmige Viagratabletten ohne Inhalt in den Spaghetti-Küchen hergestellt, so ganz nebenbei von italienischen Mamas gekocht und in LKWs nach ganz Europa vertrieben. Eine neue Einnahmequelle der Mafia.

Und ein Freund erzählte ihr die Geschichte von einem anderen Freund, dessen Freund wiederum auf seine Geliebte wartete, die mit dem Zug in einer halben Stunde ankommen sollte, und vorsichtshalber nahm er schon eine Tablette, und dann hatte der Zug zwei Stunden Verspätung, und wie rannte er dann herum? Keiner nahm natürlich Viagra im wirklichen Leben. Niemals. Niemand. Allein die Nebenwirkungen! Außerdem hatte das doch niemand nötig, oder?

Thomas weiß hoffentlich über die Nebenwirkungen Bescheid, schließlich ist er ja Anästhesist im Schwabinger Krankenhaus.

Wenn er danach eingeschlafen ist, überprüft sie im Badezimmer, ob er etwas genommen hat, und ist verletzt. Beim dritten Mal fehlt die Packung. Sie sucht in allen Schubladen und fühlt sich dabei gemein, aber auch dumm, denn wäre die Unwissenheit nicht viel angenehmer als die Gewißheit? Dann könnte sie sich einreden, nur sie hätte in ihm die Lust geweckt. Nun ja, sie allein und die Natur der Dinge, die ja bekanntlich keine großen Unterschiede macht. Auch nicht viel besser. In seinem Schreibtisch findet sie schließlich eine nagelneue Packung. Er hat Nachschub geholt, das wiederum rührt sie. Er hat anscheinend noch etwas mit ihr vor. Mit dieser neuen Packung meint er sie, nur sie hoffentlich.

Sie sitzt allein in seinem Wohnzimmer, die Packung in der Hand, er schläft nebenan. Von der Straße dringen Stimmen und Lachen herauf, das Klappern von Stöckelschuhen. Ein Mann ruft: Jetzt warte doch!

Es wird Sommer.

Sie nimmt seit Monaten Johanniskraut, um ihre Stimmung zu heben und nicht unverhofft wieder im schwarzen Loch zu verschwinden. Vorsichtig legt sie die Medikamentenpackung zurück an ihren Platz.

Zwei Patienten haben sich gefunden. Mit Gefühlen hat das nichts zu tun.

Wir medikamentieren uns, um nicht aus dem Fenster zu springen, sagt sie unvermittelt beim Glasnudelsalat und sieht Thomas fest in die Augen.

Was?

Ach, winkt sie ab und wird rot. Ich dachte nur, vielleicht sollten wir mal drüber reden.

Über was? fragt er verwirrt.

Sie schwankt zwischen Zärtlichkeit und Verzweiflung. Nichts fühlt sich richtig und eindeutig an.

Schon gut, sagt sie und erlöst ihn.

Er sieht sie dankbar an und legt beide Hände flach vor ihr auf den Tisch. Du siehst hübsch aus, heute abend, sagt er.

Heute abend, lächelt sie. Er ist fast rührend ungeschickt.

Ich liebe dich, sagt sie probeweise. Vielleicht hilft es, es einfach zu sagen. Sie haßt ihre wankelmütige Seele, auf die so wenig Verlaß ist.

Sie denkt an Florian, an sein trauriges junges Dackelgesicht und das blaue Kleid, an seine rechte Hand, die er für ein bißchen Alltag und Liebe geben würde. Sie haßt sich manchmal selbst, verachtet das stetige Schwanken ihrer Gefühle, für das man sich irgendwann dann wohl den Seemannsgang angewöhnt. Babette sieht sich schwankend durch eine gemeinsame Wohnung mit Thomas gehen, ab und zu stützt sie sich an den Wänden ab, um nicht zu straucheln. Mit der Zeit würde sie ihren schwankenden Gang gar nicht mehr bemerken, im Gegenteil, sie würde sich wundern, wenn sie jemals wieder an Land gehen sollte, wie unsicher dort der scheinbar feste Boden ist. Aber das feste Land ihrer einsamen, langweiligen Trauer will sie doch endlich verlassen!

Was meinst du, sollten wir vielleicht zusammenziehen? fragt sie, und prompt fangen seine Hände auf dem Tisch an zu zucken wie Fische, die man an Land geworfen hat.

Tja, sagt er langsam. Ich weiß nicht.

Ich auch nicht.

Er lächelt schief. Ich bin ein bißchen schwierig, was?

Sie lächelt zurück und nickt. Reglos sitzen sie da und wissen, daß sie jetzt nichts mehr sagen können, ohne daß die Gespenster der Vergangenheit begeistert aufspringen und sich zu ihnen an den Tisch setzen würden. Sie würden reden und reden und gar nicht mehr aufhören, sie würden Babette und Thomas überrollen, sie an die Wand quetschen, kein Wort würden die beiden mehr dazwischen bekommen.

Und deshalb schweigen sie, essen auf, zahlen und gehen.

Er bringt sie nach Hause, und auch das ist klar, daß er nicht bei ihr übernachten wird, das tut er nie. Sie geben sich einen kurzen Kuß auf die Wange, er wartet höflich, bis sie im Haus verschwunden ist, dann fängt er an zu laufen.

Er läuft an seiner Wohnung vorbei auf den Friedhof und dreht dort im Dunkeln seine Runden. Sein Knöchel schmerzt immer noch, er hat die falschen Schuhe an, aber er achtet nicht darauf. Wichtiger, viel wichtiger ist ihm, all diese Erinnerungen an das Glück loszuwerden, die ihm an die Gurgel wollen, er läuft und läuft, bis er nichts mehr fühlt, erst dann geht er nach Hause.

Babette liegt allein in ihrem Bett und betrachtet das Licht, das die Scheinwerfer der vorüberfahrenden Autos an die Zimmerdecke werfen. Sie weiß nicht wohin mit ihren aufgewühlten, unordentlichen Gefühlen. Auf dem Balkon raschelt es. Flügelschlagen. Leises Gurren. Sie hält sich die Ohren zu.

Nur eine Woche später bringt Florian das blaue Kleid zurück.

Ich brauche es nicht mehr, sagte er entschuldigend und will noch nicht einmal hereinkommen.

Haben Sie Ihre Gedächtnismodenschau schon gemacht?

Er schüttelt den Kopf. Ich schaffe es nicht, sagt er und sieht zu Boden. Mit seiner Fußspitze malt er kleine Kreise auf den Fußboden. Babette betrachtet die dichten Haare seines gebeugten Kopfes.

Ich schaffe es einfach nicht, wiederholt er leise.

Babette hält das Kleid in der knisternden Plastiktüte im Arm wie ein großes Kind. Sie fürchtet sich vor dem Augenblick, wo sie wieder allein sein wird. Allein sein ist in Ordnung, solang keiner kam und wieder ging.

Ich könnte uns einen richtig gemeinen Nudelauflauf machen. Mit Scheibletten.

Er sieht auf.

Wir könnten uns die Bäuche vollhauen, fährt sie fort, bis wir nicht mehr papp sagen können.

Okay, sagt er matt.

Wortlos bewegen sie sich in ihrer engen Küche, ohne sich jemals in die Quere zu kommen. Florian wäscht den Salat und hackt Knoblauch. Mit flüssigen Bewegungen reichen sie sich Messer, Bretter und Schüsseln, und Babette fragt sich, wie es kommt, daß mit diesem wildfremden jungen Mann jede Anstrengung von ihr abfällt, während sie mit

Thomas jeden Muskel ihres Körpers anspannt wie zu einer sportlichen Hochleistung, und jede Bewegung, jeder Satz Mühe bereitet.

Sex – das ist der Unterschied, sagt Florian und kratzt die letzten Reste des Nudelauflaufs aus der Schale. Sex macht alles anstrengend. Sex ruiniert alles. Sex ist die blödste Erfindung auf dem ganzen Planeten. Ohne Sex wäre das Leben friedlich und schön.

Sie lachen.

Ich würde jetzt zu gern rülpsen.

Mach.

Sie rülpsen beide und lachen lauter.

Er nimmt jedesmal dieses verdammte Viagra, sagt Babette. Und ich bin verletzt.

Aber wie verletzt wärst du erst, wenn er überhaupt nie einen hochkriegen würde? sagt Florian.

Am Ende schmeißen wir alle nur noch Pillen ein ... für die Liebe, gegen die Liebe, für alles und gegen alles.

Ich nehme Psychopharmaka seit Alfreds Tod, sagt Florian und wischt die Krümel auf dem Küchentisch zu einem kleinen Häufchen zusammen. Davon ist mir zwar immer ein bißchen schlecht, mein Kopf fühlt sich flauschig an, und Sex ist für mich so uninteressant geworden wie Seiltanzen, aber sonst wüßte ich nicht, wie weiter ...

Was wäre so schlimm daran, sich umzubringen? fragt Babette. Es ist eigentlich nur eine Frage der Methode.

Mir fällt keine ein, die mir wirklich gut gefällt, sagt Florian.

Ja, das ist das Problem. Wenn man sich erhängt, hängt einem die Zunge so widerlich aus dem Mund, wenn man aus dem Fenster springt, liegt man dann vielleicht ganz unattraktiv da, mit verrutschtem Pullover und aufgeplatztem BH und kommt so auch noch in die Zeitung.

Beide seufzen.

Keiner sonst verträgt solche Unterhaltungen, sagt er grinsend.

Nein, sagt sie. Das haben wir nur dem blauen Kleid zu verdanken, daß wir uns gefunden haben.

Siehst du, sagt Florian mit Triumph in der Stimme, es hat tatsächlich dein Leben verändert.

Nur ein bißchen anders, als ich mir das so gedacht hatte. Sie stützt den Kopf schwer in ihre Hände und betrachtet ihre fleckige Tischdecke.

Zieh's an, sagt Florian in einem Tonfall, in dem andere Männer vielleicht ›zieh dich aus‹ gesagt hätten.

Das Blau des Kleides fällt über sie wie ein Stück Himmel. Langsam und würdevoll schreitet sie vor Florian auf und ab wie auf einem Laufsteg.

Er mustert sie mit leuchtenden Augen, dreh dich mal, sagt er, und sie dreht sich erst langsam, dann schneller und dann noch schneller, bis er aufsteht und zu ihr kommt, sie in den Arm nimmt, ein paar Schritte mit ihr tanzt.

Hier, sagt Florian, hebt ihren Arm und zeigt auf den Armausschnitt. Das war Alfred ganz wichtig, daß die Armausschnitte nicht zu weit und nicht zu eng sind. Wenn sie zu weit sind, gibt es hier eine häßliche Fleischfalte in der Achsel. Aber wenn sie zu eng sind, dann gibt es Schweißflecken, und was gibt es Peinlicheres?

Sie liegen auf der Couch und trinken Wein, Bier, Cinzano

und Küchenrum, alles durcheinander. In einem Briefumschlag unter ihren Strümpfen findet Babette noch ein paar Krümchen Gras. Es hilft nicht viel. Sie drehen sich in ihrer Vergangenheit wie in einer Endlosspirale.

All unsere Schwächen wollte er mit Kleidern verhüllen und verdecken, sagt Florian mit schwerer Stimme, unsere schreckliche Peinlichkeit als Mensch. Aber am meisten habe ich an ihm bewundert, daß ihm selbst überhaupt nichts peinlich war. Das habe ich wirklich bewundert. Das hat es mir leichtgemacht, ihn zu pflegen. Er hat jede Panne seines Körpers als eine Schwäche von allen Körpern gesehen, so wie von einer bestimmten Automarke, die berüchtigt dafür ist, daß irgendwann der Anlasser kaputtgeht, oder wie man über einen kaputten Staubsauger den Kopf schüttelt, weil alle Staubsauger irgendwann den gleichen Defekt bekommen... es war nicht sein Körper, sondern nur *ein* Körper. Und jeder Körper ist irgendwann ein verdammter Schrotthaufen.

Florian nimmt ein Kissen und drückt es an sich, als hätte er Bauchschmerzen. Er stöhnt. Babette betrachtet ihn kühl. Sie ist der Überzeugung, daß seine Hölle angenehmer war als ihre.

Ich hätte Fritz auf jeden Fall lieber gepflegt, als ihn so plötzlich und ohne jede Vorwarnung zu verlieren, aus heiterem Himmel wie ein böser Witz.

Du hast ja überhaupt keine Ahnung.

Nein, sagt Babette, du aber auch nicht. Du weißt doch gar nicht, wie das ist, wenn sich dein Leben mit einem Wimpernschlag verändert. Und dann einfach so bleibt, als würdest du träumen und könntest nicht mehr aufwachen.

Zum Jahreswechsel wollten wir in die Ferne. Weit, weit weg. So weit, wie wir noch nie gefahren waren. Ich glaube, es war meine Idee. Ich kann mich nicht mehr genau erinnern, denn wenn es wirklich meine war, könnte ich es nicht ertragen.

Sag irgendeinen Ort, forderte Fritz mich auf. Wir saßen im Wohnzimmer, es regnete, im Fernsehen lief ein schrecklich schön schlechter Film, den ich gern sehen wollte. Bali, stieß ich hervor, um die Diskussion schnell zu beenden. Ich weiß nicht, warum mir ausgerechnet dieses Wort durch den Kopf geschossen ist.

Ich mochte den Klang, vielleicht war es das. Nur der Klang eines Wortes.

Bali, wiederholte Fritz langsam, und dann schwieg er, und wir sahen wie jeden Abend in den Fernseher wie aus dem Fenster und hatten ein verschwommen schlechtes Gewissen, weil wir nicht mehr aus unserem Leben machten.

Aber was wäre ›mehr‹ gewesen? Kinder. Klar. Das hatten wir lange genug erfolglos versucht, und es tat uns nicht leid genug, um kompliziertere Anstrengungen zu unternehmen. Insgeheim hatten wir uns damit abgefunden und beschlossen, mit unserem Leben, so wie es war, zurechtzukommen, mit Anstand älter zu werden, uns nicht zu beschweren und nicht bitter zu werden.

Trotzdem habe ich mich oft beklagt über unser ereignisloses Leben, und manchmal klang ich in meinen eigenen Ohren beleidigt und enttäuscht, aber ich hätte gar nicht genau sagen können, was mich enttäuschte. Das war es ja gerade. Ich wußte es nicht.

Damals habe ich noch Geschenkpapier entworfen, und was einmal als Laune begonnen hatte, war zu einem zwar einträglichen, aber unbefriedigenden Geschäft geworden, denn eigentlich habe ich Textildesignerin gelernt.

Fritz hat mich immer gefragt, was zum Teufel denn der große Unterschied sei, ob ich jetzt Bettwäsche oder Geschenkpapier entwerfe. Aber es machte für mich einen Unterschied. Unter Bettwäsche lieben sich Erwachsene und träumen Kinder, aber was geschieht mit Geschenkpapier? Während ich mit Hingabe Eisbärenbabies auf Eisschollen und Osterhasen zwischen bunten Tulpen zeichnete, sah ich bereits, wie sie ungeduldig vom Beschenkten zerrissen und achtlos zusammengeknüllt in Papierkörbe geworfen wurden. Meine Arbeit war nichts weiter als ein idiotisches Produkt der Wegwerfgesellschaft. Es gibt nichts Unnützeres als Geschenkpapier.

Fritz hatte es über die Jahre aufgegeben, mich zu trösten. Nicht, daß sein Beruf sehr viel sinnvoller war: Er war Controller in einer Firma, die Ventile herstellte, aber es machte ihm nichts aus. Es deprimierte ihn nicht, was ich wiederum deprimierend fand.

O Gott! rief ich dann, wie kannst du nur so abgestumpft sein! Unser Leben geht vorbei, und wir machen Ventile und Geschenkpapier!

Andere machen Schlimmeres, hat er dann immer gesagt, und wenn ich in meiner Wut zu weit ging, lief er aus dem Haus und betrank sich. Wenn er zurückkam, war meine Sinnkrise meist verraucht. Ich mochte ihn, wenn er betrunken war, weil er dann ein bißchen unberechenbar und wild wurde, für seine Verhältnisse wenigstens. Einmal hat er eine Vase an die Wand geworfen und ein anderes Mal mir sogar den Pulli zerrissen.

Ich sah den ganzen Tag kaum jemanden außer Fritz. Mein Leben bewegte sich zwischen Küche, Zeichentisch und Wohnzimmer. Einmal am Tag ging ich in den Supermarkt an der nächsten Ecke, am Mittwochabend besuchte ich einen Computerkurs, um in Zukunft meine Entwürfe am Computer machen zu können, obwohl ich meine Stifte, das Kleben und Schneiden liebte – es erinnerte mich an den Kindergarten.

Ich ging jeden Tag spielen, so nannte ich es, wenn ich gutgelaunt war und nicht die große Sinnfrage stellte. Fritz mußte zur Arbeit gehen, sich korrekt anziehen und jeden Morgen der Welt gegenübertreten, während ich mich im Morgenmantel an den Zeichentisch setzte und spielte.

Über die Jahre bekam ich Angst vor der Welt da draußen. Sie war anstrengend und feindselig, freiwillig ging ich nicht mehr vor die Tür. Fritz zwang mich hinaus. Ins Kino, wonach wir uns meistens stritten, oder in ein Konzert, wo er regelmäßig Hustenanfälle bekam. Wenigstens einmal im Jahr fuhren wir in Urlaub. Nach Spanien oder Italien, nach Frankreich und Irland. Und Weihnachten immer zum Skilaufen in die Dolomiten.

Warum habe ich Bali gesagt? Vier Buchstaben. Weihnachten ausnahmsweise nicht in den Schnee zu fahren, sondern in die Sonne, das war vielleicht seine Idee gewesen. Aber Bali war meine. Daran läßt sich nie mehr etwas ändern.

Am Morgen unserer Abreise am 25. Dezember waren über Nacht mehr als zwanzig Zentimeter Schnee gefallen. Besorgt sah Fritz aus dem Fenster. Vielleicht fliegen die heute gar nicht, murmelte er.

Er hat es wirklich nur ganz leise gesagt, aber ich habe es

genau gehört. Hab noch gedacht: Hoffentlich fliegen die gar nicht.

Mir kam die ganze Reise mit einem Mal so falsch vor, wie Erdbeeren im Januar zu essen. Was sollten wir dort auf Bali in der Hitze, in den Tropen, am Strand?

Wir nehmen den früheren Bus, sagte Fritz und trieb mich zur Eile an.

Wir gingen aus der Tür, stapften durch den Schnee. Es war dunkel, und ein eiskalter Wind pfiff. Unvorstellbar, in weniger als zwanzig Stunden in tropischer Sonne zu braten. Da fiel mir ein, daß ich unsere Reiseapotheke vergessen hatte. Keine Apotheke! Wir würden an Durchfall sterben, an entzündeten Mückenstichen, uns in Fieberkrämpfen winden. Wir liefen zurück, holten die Reiseapotheke, verpaßten den früheren Bus, wieder dachte ich, wir fliegen nicht, wir fliegen nicht.

Es hat jede Menge kleine Angebote des Schicksals gegeben, zu entrinnen. Aber wir waren stur, wir schafften es in letzter Minute, *last call for Denpasar, Herr und Frau Schröder, bitte begeben Sie sich direkt zum Abflugschalter!* hörten wir eine strenge Stimme über unseren Köpfen, und wir gehorchten und hetzten keuchend und schweißüberströmt zum Gate.

Zusammen mit schlaftrunkenen Kindern, die ihre Kuscheltiere an sich drückten, erschöpft wirkenden Müttern und schlechtgelaunten Vätern wurden wir in den Jumbo der indonesischen Fluglinie ›Garuda‹ geladen.

Fritz war aufgekratzt wie auf einem Schulausflug. Er schwatzte sofort ausgiebig mit den elfenartigen Stewardessen mit ihren Traumfiguren, pechschwarzen Haaren und großen rot geschminkten Mündern. Mir sank das Herz. Auf Bali sahen wahrscheinlich alle so aus.

Großzügig ließ Fritz mich am Fenster sitzen, so daß er die Elfen besser sehen konnte. Ich blies meinen Plastikkragen auf, der wie eine orthopädische Halskrause um meinen Hals lag und mich spießig und unattraktiv machte. Ich konnte Fritz gar nicht mehr sehen. Unglücklich rutschte ich auf meinem Sitz hin und her, um eine bequeme Position zu finden. Beim Start nahm Fritz meine Hand. Ich versuchte, meinen Kopf auf seine Schulter zu legen, aber das ging nicht wegen der Halskrause. Auf den Monitoren verfolgte ich den kleinen, weißen Pfeil auf der Landkarte, der den Weg unseres Flugzeugs von Frankfurt um die Welt beschrieb. Warum hatten wir uns in Bewegung gesetzt, was erhofften wir uns davon? Was sollte in Bali geschehen, was nicht zu Hause geschah? Fritz konnte ich diese Frage nicht stellen, denn er hätte eine entsetzlich banale Antwort darauf gehabt: Dort scheint die Sonne, Menschenskind! hätte er begeistert ausgerufen.

Ich vertrage Hitze nicht gut. Mein Kaltblüter hat er mich oft lachend genannt.

Das Essen kam, und obwohl ich mir vorgenommen hatte, so gut wie nichts davon zu essen, um in meinen Badeanzug zu passen, war angesichts der indonesischen Elfen mit ihren Kinderfiguren eh schon alles egal. Im Handumdrehen habe ich alles in mich hineingestopft und auch noch die Zimtcreme von Fritz verschlungen. Danach war mir ganz flau zumute. Fritz bestellte sich das dritte Bier und bekam einen ganz und gar zufriedenen Gesichtsausdruck.

Ach, seufzte er wohlig, unterwegs zu sein ist was Wunderbares, findest du nicht?

Ich nickte schwach und sehnte mich jetzt schon nach meinem sicheren Platz an meinem Zeichentisch mit dem Blick auf die Blautanne direkt vorm Fenster, den Meisen auf den Zweigen.

Fritz nahm meine Hand und drückte sie fürsorglich.

Ich sah auf seine magere, blasse Hand auf meiner. Sie kam mir mit einem Mal alt vor. Wann war diese Hand so gealtert? Warum hatte ich das nicht mitbekommen? Sie stieß mich ab, und gleichzeitig rührte sie mich. Ich weiß nicht, ob er danach jemals wieder meine Hand genommen hat. Aber ich weiß, wie sie dort auf meiner lag und ich plötzlich wußte, wie es sein würde, mit ihm alt zu sein. Gemütlich und ein wenig stickig. Nicht schlimm, aber so, daß ich ab und zu die Fenster aufreißen und laut etwas Seltsames rufen mußte, so wie: Spatzen an die Macht! Oder keine Macht den Kickern und Kackern! Diese seltsame Alte aus dem dritten Stock, die immer so komische Sachen ruft. Die spinnt doch. Kichernd würde ich das Fenster wieder schließen, Fritz säße in seinem Lehnstuhl und würde lächelnd den Kopf schütteln über mich, wie immer, wie schon unser ganzes gemeinsames Leben, und dann würde ich ihm eine Tomatensuppe kochen, die er sich aufs Hemd kleckern würde. So ungefähr.

Ich schloß die Augen. Minuten später, so kam es mir vor, schüttelte er mich.

Wir landen gleich in Singapur, rief er aufgeregt.

Mühsam öffnete ich die Augen. Gleißendhelles Licht drang durch die Flugzeugfenster. Mir war schwindlig, übel und heiß.

Du hast zehn Stunden geschlafen, sagte Fritz vorwurfsvoll, und ich keine Minute. Zieh dir die Schuhe an.

Er angelte unter dem Vordersitz nach meinen Cowboystiefeln, die er jedoch kaum über meine geschwollenen Füße bekam. Konnten wir nicht wie andere Leute Turnschuhe tragen? Er zerrte die Stiefel in verrenkter Haltung halb unter meinem Sitz über meine Füße und richtete sich mit hochrotem Kopf und schweratmend wieder auf. Er hat sich oft um mich gekümmert wie um ein störrisches Kind. Ich habe das meistens sehr gemocht, aber diesmal ging es mir auf die Nerven. Ich stand auf.

Wo willst du hin?

Ich muß aufs Klo, sagte ich unwirsch und drängte mich an ihm vorbei.

Wir landen aber gleich, wiederholte er.

Ohne zu antworten, schob ich mich an ihm vorbei und ging zur Toilette, die besetzt war. Ich wartete eine halbe Ewigkeit, klopfte schließlich an die Tür. Nichts geschah. Als ich mich hilfesuchend an die Stewardess wenden wollte, wurde der Riegel aufgeschoben, und ein sehr großer und ziemlich beleibter Chinese trat heraus. Ärgerlich über die Warterei sah ich ihm ins überraschend gutaussehende Gesicht, und er lächelte mich so freundlich an, daß ich unwillkürlich zurücklächelte.

Eine Wolke von zitronenfrischem After-shave ging von ihm aus und schwebte auf mich zu. Gierig atmete ich sie ein und hörte nicht auf, ihn anzustarren. Sein schwarzes Haar stand in einem feuchten Mecki von seinem runden Kopf ab, als hätte er sich in dem winzigen Klo von Kopf bis Fuß gewaschen. Es gab ihm etwas Freches, Junges, verbunden mit seiner Körperfülle machte es ihn aufregend und sicher zugleich. Ich konnte nicht aufhören, ihn anzustarren, denn dort war es, mein anderes Leben, von dem ich Tag für Tag, ohne es zu wissen, an meinem Zeichentisch geträumt hatte wie von einem neuen Kleid.

Er hielt mir die Tür auf, und als ich sie hinter mir verriegelte, lächelte ich immer noch. Ich spürte Luft unter den Füßen, als hätte ich aufgehört, den Boden zu berühren, als schwebte ich genauso wie das Flugzeug durch den unbegrenzten Raum. Mit beiden Händen hielt ich mich am Waschbecken fest, lächelte blödsinnig in den Spiegel, bis mir auffiel, daß ich entsetzlich aussah, verquollen und teigig blaß, mit Haaren, die mir wirr vom Kopf abstanden.

Der Chinese hatte eine kleine Tube Zahnpaste zurückgelassen, ich drückte einen Tropfen auf den Zeigefinger und rieb ihn mir wie eine magische Paste über die Zähne. Aus der Hosentasche kramte ich meinen Lippenstift, und als ich ihn aufgetragen hatte, fühlte ich mich ein wenig ansehnlicher. Ich kämmte mir mit den Fingern die Haare und lächelte versuchsweise kokett.

Nach ihm Ausschau haltend, ging ich durch die Sitzreihen zurück, und als ich ihn sah, registrierte ich erstaunt meinen galoppierenden Herzschlag. Er blickte auf. Eine leichte Turbulenz brachte mich ins Schwanken. Er lächelte und hob jetzt seine Hand, als seien wir alte Bekannte. Ein weiteres kleines Luftloch führte dazu, daß ich mich an seinem Sitz festkrallen mußte. Unwillkürlich beugte ich mich tief zu ihm hinunter. Er sah mir offen und klar ins Gesicht, wieder roch ich seinen Zitronenduft, er griff nach meinem Arm, um mich zu stützen und mich davor zu bewahren, ihm auf den Schoß zu fallen.

Thank you, sagte ich und wurde rot.

Er lächelte. Ich konnte die einzelnen Härchen in seinen dichten, schwarzen Augenbrauen sehen, mein eigenes Spiegelbild in seinen dunklen Pupillen. Das war ich, aber in einem völlig anderen Leben. Ich lebte mit ihm in Hongkong, Singapur, Shanghai, Peking. Ich kaufte fremdartiges Gemüse auf übervölkerten Märkten, ich trug chinesische Seidenkleider und fuhr unter Tausenden auf dem Fahrrad zur Arbeit, eine breite Straße entlang, so breit wie die Autobahn. Abends kam mein chinesischer Mann nach Haus, und wir spielten nach dem Essen eine Partie Majong, bevor wir ins Bett fielen und er im Schlaf meine Hand hielt. Mein Leben war anstrengend, aber selbstverständlich und so ganz ohne Zweifel. Anscheinend war ich glücklich, ich wirkte hell und klar, als sei der Lichtkegel einer Taschenlampe auf mich gerichtet.

Erschrocken richtete ich mich auf, riß mich von ihm los und schwankte verwirrt zurück zu meinem Sitz.

Wie betäubt stand ich während des Zwischenstopps in Singapur auf dem dichten weichen Teppichboden in der eisgekühlten Flughafenhalle, während Ströme von Menschen aus allen Erdteilen an mir vorbeizogen wie farbige Fischschwärme. In einem der unzähligen Elektronikläden kaufte Fritz sich einen Speedometer, der von nun an die Schritte und die Kilometer seines morgendlichen Powerwalkings zählen sollte. Strahlend führte er mir vor, wie akkurat dieses kleine elektronische Teil, das er an seiner Wade befestigt hatte, jeden seiner Schritte abzählte.

Das ist doch völlig verrückt, sagte er begeistert, wie kann dieses kleine Ding wissen, wie viele Schritte ich mache?

Lautlos marschierte er in seinen Cowboystiefeln über

den Teppichboden. Ich sah ihn davongehen und überlegte, wie es wäre, wenn ich in Singapur verlorenginge. Ein Schwindel ergriff mich, behutsam setzte ich einen Fuß vor den anderen und folgte Fritz' blauen Hosenbeinen und seinem Speedometer.

Hundertzwölf Schritte zählte er laut bis zurück zum Gate und sah dann gespannt auf die elektronische Anzeige. – Hundertzwölf! rief er begeistert. Ist das nicht unglaublich! Betti! Ist das nicht der Hammer?

Ich nickte schwach. Er küßte mich auf die Wange.

Bist du ein bißchen ramdösig vom Fliegen?

Hmhm.

Nach was riechst du eigentlich?

Nach Parfüm, sagte ich patzig.

Ich hatte mich im Duty Free Shop mit einem Parfüm eingesprüht, das leicht nach Mandarinen roch. Zitrusfrüchte gehören zusammen, ich hatte einen Plan. Kaum war das Flugzeug wieder gestartet und die Anschnallzeichen waren erloschen, stand ich auf.

Mußt du schon wieder aufs Klo?

Unwillig ließ Fritz mich vorbei. Ich atmete tief ein und wappnete mich mit dem Gedanken, daß er wahrscheinlich in Singapur ausgestiegen war, aber dann entdeckte ich seinen dichten schwarzen Mecki über den Stuhlreihen, und ganz langsam schritt ich an ihm vorbei, so daß er mich sehen und meinen Mandarinenduft einatmen konnte. Ich blickte kurz über die Schulter, kein Luftloch half mir jetzt, ich mußte weitergehen, wenn es nicht peinlich werden sollte. Er las in einer Zeitung und hatte mich nicht bemerkt. Eine Anstandsminute lang blieb ich auf dem Klo und betrachtete mich kopfschüttelnd im Spiegel. So blöd! Was machte ich da eigentlich? Ein dummes Spiel mit verpaßten Chancen, die gar keine waren. Ich wollte doch gar nicht weg aus meinem Leben, ich wollte doch gar nicht wild und gefährlich leben, ich liebte doch meinen Fritz.

Blöde Kuh, schalt ich mich.

Auch auf dem Rückweg sah er nicht von seiner Zeitung auf. Enttäuschung breitete sich in mir aus, als hätte ich einen Test nicht bestanden.

Ich versuchte noch ein wenig zu schlafen, aber konnte keine Stellung mehr finden, in der das möglich war. Außerdem hatte sich Fritz bei meinem Gang aufs Klo meinen Gummikragen unter den Nagel gerissen. Er schnarchte leicht mit halboffenem Mund und sah dabei eigentlich ganz rührend aus. Wenn ich ihn ganz aus der Nähe betrachtete, war er sogar hübsch. Diesen Trick hatte ich vor langer Zeit entdeckt. Die Großaufnahme machte ihn attraktiv. Ich liebte seinen vollen Mund, seine blauschwarzen Bartstoppeln, seine gerade, griechisch anmutende Nase.

Ich gab ihm einen kleinen Kuß. Er schloß daraufhin den Mund und seufzte im Schlaf. Ich sah aus dem Fenster die Inseln Indonesiens unter mir wie grüne Polsterkissen auf einem blauen, großen Teppich liegen. Java, Sumatra, Borneo, Kalimantan, Lombok, Bali. Namen wie aus einer Kindersprache. Denpasar, die Hauptstadt von Bali, war nie in Stadt-Land-Fluß-Spielen aufgetaucht. Düsseldorf, Dublin, Delhi – aber nie Denpasar.

Mühsam humpelte ich mit geschwollenen Füßen zu den Gepäckbändern und starrte mit dumpfem Blick auf die

Koffer und Taschen, die an uns vorüberzogen. Fritz' Tasche kam schon bald, aber mein Koffer ließ auf sich warten, was mich nicht weiter wunderte, denn ich war immer und überall die letzte.

Erschöpft rieb ich mir mit dem T-Shirt-Ärmel den Schweiß von der Stirn. Schwach roch ich den Mandarinenduft. Ich sah mich nach meinem Chinesen um, konnte ihn aber nirgendwo entdecken. *Mein Chinese,* dachte ich und grinste über mich selbst.

Da kommt dein Koffer! rief Fritz. Er nahm meinen neuen grünen Koffer und wuchtete ihn auf den Gepäckwagen. Die elektrischen Türen öffneten sich, und ein Schwall feuchtheißer Luft klatschte uns entgegen wie ein nasser Lappen. Innerhalb von Sekunden fühlte ich mich klebrig und doppelt so dick, es war, als würde ich durch die Feuchtigkeit aufquellen. Ein älterer Balinese in einem rotgoldenen Sarong kam auf uns zu und sagte leise lächelnd mehrmals unseren Namen, bis wir ihn verstanden.

Im Handumdrehen saßen wir in einem Taxi, das beißend nach Schweiß roch, und wurden zum Hotel kutschiert.

Ich weiß nicht, was ich mir vorgestellt hatte, aber außer der Tatsache, daß hier links gefahren wurde, fand ich nichts Bemerkenswertes an der Szenerie. Langweilige Grünpflanzen wechselten sich mit offenen Läden ab, in denen Möbel, Mopeds, Kühlschränke und Fernseher verkauft wurden, große Reklametafeln für Abenteuerfloßfahrten und Vogelparks verschandelten die Landschaft, haufenweise Motorräder und kleine Busse verpesteten die Luft.

Mit einem Schlag wurde es dunkel, als hätte jemand einen Schalter umgelegt.

Wir bogen von der lärmenden Hauptstraße ab in eine kleine Nebenstraße, in der in schwach erleuchteten Buden Handgeschnitztes verkauft wurde. All die wohlbekannten Fische und Früchte und geschnitzten Tulpen, die Katzen und Frösche als Bücherstützen aus den deutschen Geschenkläden, die überflüssigen, billigen Mitbringsel in letzter Minute, die dann in mein Geschenkpapier eingepackt wurden.

Ich stöhnte, und in derselben Sekunde machte das Taxi eine Vollbremsung, die mich mit der Stirn auf die Kopfstütze des Vordersitzes warf. Als ich mich wieder aufrichtete, sah ich im Scheinwerferlicht die weiße Haut eines blonden Mädchens in Shorts und Bikinioberteil aufleuchten, das entschuldigend mit den Armen wedelte.

Tourist, schnaubte der Taxifahrer, *they no look.*

Linksverkehr, sagte Fritz, daß du mir bloß aufpaßt, wenn du über die Straße gehst!

Auf meiner Stirn wuchs eine schmerzhafte Beule, die ich vorsichtig mit den Fingern betastete.

Zeig mal her, sagte Fritz. Ich wendete mich ab, aber er legte seine heiße Hand auf meine Stirn.

O je, sagte er, das wird ja ein Riesending. Dann faß dir mal schön an die Stirn, wenn du über die Straße gehst, dann erinnerst du dich wenigstens dran! Erst links gucken, dann rechts.

Gereizt nahm ich seine verschwitzte Hand von meiner Stirn und wandte mich von ihm ab. Ich sah das blonde Mädchen auf der anderen Straßenseite mit einem Balinesen mit langen Haaren schwatzen.

Abermals bogen wir ab auf einen holprigen und dunklen

Weg, bis wir vor einer schummrig beleuchteten Rezeption unter einem Bambusdach hielten.

Zwei Männer in ebenfalls rotgoldenen Sarongs kamen auf das Taxi zu, öffneten die Türen und sagten leise in weichem Singsang: *Welcome to the Frangipani Hotel.*

Ich stieg aus und hatte das Gefühl, nicht ganz wach zu sein. Die Luft war warm, weich und roch süß, Zikaden sägten durch die Stille, einer der Männer ging auf einen großen Gong zu und schlug ihn an zu unserer Begrüßung. Der Ton wanderte durch die Dunkelheit wie ein lebendiges Wesen.

Unser Gepäck war inzwischen auf eine kleine Schubkarre geladen worden. Wir folgten auf einem schmalen, mit weißen Frangipaniblüten bestreuten Pfad. Ich bückte mich nach einer Blüte und sog ihren schweren Duft ein. Unvermittelt gab der Weg den Blick frei auf den Swimmingpool, der wie ein großes, blaues Auge aus der Dunkelheit aufblitzte. Gleich dahinter sah ich die Meeresbrandung weiß aufscheinen und darüber verblüffend viele Sterne.

Der Mann im Sarong hielt vor einer Bambushütte, öffnete eine sehr schmale, kunstvoll geschnitzte Tür und bat uns, einzutreten. Die Tür war so eng, daß man sich schräg hindurchzwängen mußte, der Mann lächelte und sagte mild: *Balinese door.*

Die Hütte war innen erstaunlich geräumig, mit einer hellblauen Badewanne mitten im holzgetäfelten Zimmer. Es gab keine Fensterscheiben, sondern nur Moskitonetze vor den Fensteröffnungen. Im Vorgarten wuchsen riesige Bananenpflanzen mit rotgelben Blüten, die aussahen, als wären sie aus Plastik.

Okay? fragte der Mann, wir lächelten und nickten

stumm, er drückte uns den Schlüssel in die Hand und zog sich zurück.

Na? fragte Fritz stolz.

Wunderbar, sagte ich aufrichtig.

Einfach wunderbar, wiederholte Fritz, nickte zufrieden und ließ sich mit einem Seufzer aufs Bett fallen. Sekunden später war er eingeschlafen. Er drehte sich auf die Seite und zog die Beine an wie ein Kind, die Cowboystiefel noch an den Füßen. Er wirkte klein und zierlich in dieser Haltung.

Vor zehn Jahren hatte ich ihn mir unter anderem genau deshalb auserkoren, weil er nicht bedrohlich war und ich in meiner Liebe zu dem bulligen Sportlehrer mit Schnauzer zuvor regelmäßig verprügelt worden war. Diesen Zusammenhang fand ich beunruhigend: Inwieweit suchen wir uns Freunde und Geliebte als Reaktion auf frühere Freunde und Geliebte aus? Wie sehr ist alles, was wir tun, nur Reaktion auf das, was davor war? Fügt sich einfach eine Masche an die andere, die ohne ihre Vorgängerin überhaupt nicht existieren könnte, wie Strickmaschen in einem Pullover? Der Pullover meines Lebens hatte am Saum ein sehr wirres unregelmäßiges Muster, dafür war das letzte große Stück glatt rechts gestrickt, schön regelmäßig und ohne Fehler.

Ich fühlte mich hellwach. Zwischen den Bananenblättern bewegten sich kleine, mir unbekannte Tiere. Vögel gaben fremde, laute Schreie von sich, Geckos huschten über die Wände und glucksten, ein Frosch quakte ganz in der Nähe.

Ich setzte mich in den Korbstuhl auf der Veranda und lauschte den fremden Tönen. Weit in der Ferne hörte ich Xylophonmusik. Ein Gamelanorchester, wie ich aus dem

Reiseführer wußte, mit seiner seltsam gleichförmigen Fünftonmusik, die wie hypnotische Kiffermusik klang.

Meine weiße Haut leuchtete im Dunkeln. Ich fühlte mich wie in dem berühmten Bild von Rousseau, weiße Frau vor tropischen Pflanzen. Statt eines Löwen wie auf dem Bild bewachte mich Fritz. Deutlich spürte ich, wie sich mein Blick von ihm abgewandt hatte und ich wohl schon seit einiger Zeit in die Ferne sah. Diese Tatsache stimmte mich traurig, aber wahrscheinlich war das nach zehn Jahren Ehe vollkommen normal. Das machte es nicht weniger traurig.

Auf meiner Uhr, die ich immer noch nicht umgestellt hatte, war es zwei Uhr nachmittags. Ich sah mir zu, wie ich in Deutschland um diese Zeit im Supermarkt durch die Reihen wanderte, die immer gleichen Lebensmittel für jeden Tag aus den Regalen zog und in den Einkaufswagen warf. Es fiel mir schwer, mir vorzustellen, daß diese Person sich jetzt auf der anderen Seite des Planeten befand, herausgerissen aus ihrem sicheren kleinen Leben. Ihr Körper befand sich in den Tropen, aber ihr Geist war in einem deutschen Supermarkt und dachte darüber nach, warum ein ganzes Huhn immer billiger war als zwei Hühnerbrustfilets.

Ich öffnete meinen grünen Koffer und erkannte meine Kleider nicht wieder. Im ersten Augenblick hatte ich das Gefühl, mich nur konzentrieren zu müssen, dann könne ich mich schon wieder an diese weiten, weißen Baumwollhosen und hellblauen Oberhemden erinnern, bis mir dämmerte, daß der Koffer nicht meiner war.

Als erstes bekam ich einen Schreck: Wer war ich ohne meine Kleider? Wie würde ich die beiden nächsten Wochen aussehen ohne ein einziges meiner Kleidungsstücke? Dann überwog die Neugier. Vorsichtig senkte ich die Hände in den fremden Koffer und grub in seinem Inhalt wie in einem Schatz.

Schwarze Unterhosen in Größe L kamen zum Vorschein, ein ziemlich korpulenter Mann also, weiße Baumwollhemden im Kimonostil, die wohl zu den Hosen paßten und ein wenig an Karate- oder Judoanzüge erinnerten, ein Necessaire mit Rasierapparat, Aspirin, Zahnbürste, Zahnpasta und Sonnencreme, ein Deostift, was ich befriedigt zur Kenntnis nahm, denn ein Mann, der ein Deo benutzte, konnte nicht durch und durch unsympathisch sein. Es war mir wichtig, daß dieser Haufen fremder Intimitäten von einem wenigstens halbwegs angenehmen Menschen stammte. Eine dezente graue Badehose packte ich aus, Badeschlappen der Größe 46, auf dem Boden fand ich vier Bücher, allesamt Romane – wunderbar, ein Mann, der Romane las! –, drei auf englisch und einer auf chinesisch. Chinesisch! *Mein Chinese.* Eine verrückte kleine Idee züngelte in mir auf.

Auf dem Namensschild am Koffer stand: Zi Wang Shun, Neusserstr. 37, Köln. Und eine Kölner Telefonnummer war angegeben. Ein Chinese aus Köln. Mein Chinese. Ich kannte seine Adresse und Telefonnummer. Jederzeit könnte ich mit ihm Kontakt aufnehmen. Jederzeit. Quatsch. Es gab eine Milliarde Chinesen auf der Welt, die Hälfte davon Frauen, und bestimmt mehr als eine Viertelmillion der Männer besaßen einen grünen Koffer. Alles Quatsch.

Ich pellte mich aus den verschwitzten Kleidern, die ich seit mehr als zwanzig Stunden am Leib trug, nackt trat ich auf die Veranda, an die schwere, süße Luft. Ein Windstoß fuhr durch die Pflanzen, Frangipaniblüten segelten wie kleine, weiße Taschentücher zu Boden. Es fing an zu regnen. Nicht lautlos und nieselig wie zu Hause, sondern so laut und heftig, als hätte man einen riesigen Duschkopf aufgedreht. Ich streckte den Arm in den prasselnden Wasserstrom, dann mein Bein und trat schließlich splitterfasernackt hinaus in den überraschend warmen Regen. Die dikken Wassertropfen zerplatzten auf meiner Haut wie kleine Bomben. Mit solcher Gewalt donnerten sie auf mich nieder, daß ich die Augen unter ihrem Anprall nicht mehr offenhalten konnte. Ich lachte laut. Wasserblind. Glücklich wie ein Kind.

Was machst du denn da? sagte Fritz.

Ich trat zurück auf die Veranda und schüttelte mich wie ein Hund.

Es ist ganz warm, sagte ich.

Du spinnst. Er gähnte. Wenn dich jemand sieht.

Siehst du jemand?

Er betrachtete mich kopfschüttelnd, aber wohlwollend.

Komm, zieh dich aus! Komm her! Ich zog ihn am Arm, aber rechnete nicht damit, daß er sich mir anschließen würde. Unsere stillschweigende Verabredung war, daß ich ein wenig exzentrisch sein durfte und er sich daran freute.

Wortlos holte er mir ein Handtuch. Wir setzten uns auf die Veranda, gemeinsam lauschten wir dem Regen und dem Keckern der Geckos. Es war ein friedlicher, glücklicher Moment. Unser letzter Abend zusammen. Ich bin froh, daß ich diesen Moment habe, wie eine Murmel in einem Kästchen, die ich herausnehmen und wieder und wieder betrachten kann.

Eigentlich hätte ich Fritz von dem verwechselten Koffer

erzählen sollen, aber Minute um Minute verstrich, ohne daß ich den Mund aufmachte, bis Fritz sagte: Ich schlafe jetzt ein bißchen weiter. Und ich ließ ihn zurück ins Bett kriechen, wartete, bis er eingeschlafen war, um mich sofort wieder dem fremden Koffer zuzuwenden.

In einer Außentasche fand ich einen Miniaquarellkasten mit Zeichenblock, was mich rührte. Ich förderte Tabletten gegen Sodbrennen zutage, ein Handyladegerät und einige unbelichtete Filme, die ihn zum ganz normalen Touristen machten. Ich sah ihn vor mir, meinen Chinesen, wie er jetzt, in genau diesem Moment, fassungslos vor meinem Koffer saß, meine wenig attraktive Unterwäsche in Augenschein nahm. Der Gedanke ließ mich schaudern. Meine T-Shirts mit blöden Aufschriften, die verfärbten alten Schlabberkleider, meine Pumps und das Seidenkleid für Silvester, meine Enthaarungscreme. Das Bild, das er sich von mir machen mußte, konnte schlimmer nicht sein. Ich beugte mich tief über den Koffer und meinte, einen leichten Zitronengeruch wahrzunehmen.

Kein Zweifel. Ich sah ihn lächeln, wie er mich im Flugzeug angelächelt hatte, ich lächelte zurück, und mit diesem Lächeln auf den Lippen fiel ich neben Fritz aufs Bett und schlief ein.

Florian zupft an dem Saum des blauen Kleids herum und reißt entschlossen ein Fädchen ab. Du hast ihn nicht betrogen. Du hast nur daran gedacht.

Was ist der Unterschied? sagt Babette, steht auf, zieht das blaue Kleid über den Kopf und denkt keine Sekunde darüber nach, daß sie sich vor einem ziemlich fremden Mann auszieht. Und damit muß ich zurechtkommen, damit muß ich leben bis ans Ende meiner Tage.

Geht's noch ein bißchen dramatischer? Er reicht ihr das graue ausgeleierte Sweatshirt. Dann geh mal hübsch wieder in Asche, so wie es sich gehört für eine trauernde Witwe.

Witwe, sagt sie langsam. Das Wort klingt wie eine schwarze Krähe, wie eine düstere Tanne in einer Schneelandschaft.

Das bist du doch auch, sagt Florian.

Und du? Du doch auch.

Sie schenkt ihm einen Chivas Regal ein, gleich einen Doppelten, denn es scheint inzwischen abgemacht, daß sie sich betrinken werden. Florian nimmt das Glas entgegen, trinkt es in einem Zug aus und geht zurück in die Küche. Sie hört ihn dort klappern und kramen.

Unvermutet bohren sich Schmerzen in ihre Brust wie Messerstiche, die ihr die Luft nehmen. Ist das der Beginn eines Herzinfarkts? Ein Lungenkollaps, eine Nierenkolik? Ihre Anatomiekenntnisse sind miserabel, es dauert, bis sie begreift. Jedesmal wieder fällt sie darauf herein, einen physischen Grund für diese ganz und gar physischen Schmerzen zu suchen, aber was so schmerzt ist die Erinnerung: Nie wieder wird sie Fritz in der Küche klappern hören. Über ein Jahr lang hat sie nun schon so viele *nie mehrs* und *nie wieders* durchgekaut, aber dieses Klappern hatte sie ganz vergessen.

Vergessen, wie Fritz mit lustvollem Getöse die Küche in Ordnung brachte, während sie noch schnell einen Auftrag fertig zeichnete. Dieselben Geräusche, ganz genau dieselben Töne, so als würde Florian eine Partitur befolgen. Schublade auf, Schublade zu, Besteck einsortieren, Töpfe abwaschen, die Pfanne abstellen, Schublade auf, Schublade zu. Klong, kling, klong, klong, klong. Sie hält sich die Ohren zu und stöhnt, und als das nichts nützt, steht sie auf und geht hinüber. Kaum sieht sie Florian, geht der Schmerz vorbei. Man lernt die Schmerzbekämpfung, wie Schmerzpatienten lernen, mit chronischen Schmerzen umzugehen. Florian dreht sich zu ihr um, einen Kochlöffel in der Hand. Wo kommt der hin?

Sie zuckt die Achseln. Egal, sagt sie.

Florian wirft den Löffel in die Luft und fängt ihn wieder auf. Das war das erste Mal, daß ich wieder gekocht habe, sagt er und grinst schüchtern. Daß ich mit einem Löffel was anderes umgerührt habe als Essiac.

Essig?

Nein, Essiac. E-s-s-i-a-c, buchstabiert er langsam, verstummt und starrt vor sich hin

Sie nimmt ihn den Löffel aus der Hand und haut ihm spielerisch auf die Unterarme. Raus damit, sagt sie.

Er schweigt. Nur sein Oberhemd zittert verräterisch über seiner Brust.

Komm schon, sagt Babette.

Er grinst schief, wendet sich von ihr ab. Ich hab Alfred so ein seltsames Getränk gebraut, jede Nacht, sagt er dann. Das heißt Essiac und ist der umgedrehte Name einer kanadischen Krankenschwester, die hieß Renée Caisse. Sie hatte ein paar Kräuter von Indianern bekommen, die behauptet haben, damit könne man Krebs bekämpfen. Und sie hat auch tatsächlich Erfolge damit gehabt.

Ich weiß gar nicht mehr, wer uns damals davon erzählt

hat. Auf jeden Fall gab es das Zeug damals nicht in Europa zu kaufen. Ein Freund von einem Freund arbeitete als Steward bei Delta Airlines, und der hat es aus den USA mitgebracht. Ein übel stinkendes Gebräu, das zwölf Stunden lang köcheln muß, bis ein schleimiger Bodensatz entsteht, der die Antikrebswirkung beinhalten soll. Alfred hat's gehaßt, aber monatelang habe ich ihm dreimal am Tag mit der Pipette das Zeug eingeflößt. Und nur, um mir in meiner Hilflosigkeit zu helfen, hat er's geschluckt.

Ich konnte ja sonst nichts für ihn tun ... Er war der Krieger, der in einen sinnlosen Krieg zieht, aber niemals in Frage stellt, daß er nun mal ein Krieger und das sein Job ist. Und ich war die Frau, die weint und jammert. Ich war der Waschlappen und er der Held. Und je schwächer er wurde, um so heldenhafter wurde er, während ich mit meinem dämlichen gesunden Körper zitterte vor Angst.

Nacht für Nacht habe ich dagestanden und in der Brühe gerührt wie in einer Hexensuppe. Was von den Indianern kommt, kann nicht schlecht sein, hab ich gedacht. All meine guten Wünsche und Gebete habe ich hineingerührt. Wie man sieht, mit großem Erfolg. Was die Suppe aber wirklich ruiniert hat, war der Überbringer.

Der Steward, sagt Babette leise.

Der Steward, wiederholt Florian.

Der Chinese, sagt Babette.

Der Steward und der Chinese, sagt Florian und legt den Kochlöffel ganz leise und vorsichtig in die Schublade.

Der Steward war ein ganz junger Typ, noch nicht mal fünfundzwanzig, aus Timmendorf an der Ostsee, strohblond und blauäugig, wirklich nicht mein Typ. Er trug seine dämliche Delta-Airlines-Uniform, als ich ihn das erste Mal sah. Wir waren am Terminal verabredet, in Scharen kamen sie heraus, die Piloten und Stewards, alle so schnuckelig und adrett wie in den Titeleinstellungen eines schlechten Schwulenpornos.

Andi also mit zwanzig Tüten Essiac im Gepäck. Ich gab ihm das Geld, er hatte es eilig, weil der Bus der Crew in die Stadt fuhr und nicht auf ihn warten wollte. Er konnte nicht wechseln, niemand konnte wechseln, der Bus fuhr ab und Andi blieb. Ich hätte ihm das Geld, das er mir nicht herausgeben konnte, schenken oder er es mir erlassen können, aber beide hielten wir an diesem bißchen Geld fest wie zwei Hunde an einem Knochen. Wir wußten bereits, daß es unser Eintrittsgeld war in einen Raum, in dem wir schweigend unsere Körper vereinigen würden, ohne zu wissen, wozu und warum.

Es hatte etwas Panisches an sich, wie wir übereinander herfielen. Seine Angst habe ich nicht genau ergründen können, im Grunde genommen wollte ich auch nichts über sie wissen. Er war ein sehr einsamer Mann, der sein Leben in den Wolken und in Hotels verbrachte. Durch das ständige Fliegen wußte er nicht mehr recht, wo er sich überhaupt befand, und ich war wie ein Schiffbrüchiger, der unbedingt zurück ins Land der Lebenden wollte. Ich sehnte mich danach, einen Körper anzufassen, der nicht dabei war, vor die Hunde zu gehen, der mir nicht ständig die Vergänglichkeit allen Lebens vor Augen führte. Es gab auch ganz banale Gründe. Durch die Chemotherapien war Alfred impotent geworden. Er bemerkte es erstaunt und gar nicht einmal besonders erschrocken: Ein weiterer Ausfall war zu konstatieren, er machte sich eigentlich nur Sorgen um mich und bat mich immer wieder, in diesem Punkt keine Rücksicht auf ihn zu nehmen.

Was sagt man dann in so einem Moment? Natürlich: Wie kommst du denn da drauf? Auf gar keinen Fall, das würde ich niemals tun. Das sagt bestimmt jeder. Oder kann man sich vorstellen, daß jemand in so einer Situation sagen würde: Ja, stimmt. Eigentlich hast du recht, tschüß dann, bis später. Ich reiß mir mal schnell jemanden auf, dauert auch nicht lange.

Es dauerte wirklich nicht lange. Immer dasselbe Zimmer im Holiday Inn, später holte ich ihn nicht mehr am Flughafen ab, sondern wir trafen uns gleich dort.

Ich stand mit betrunkenen Vertretern zusammen im Fahrstuhl, ging die düsteren Flure entlang, klopfte an seiner Tür, er öffnete mir lächelnd, manchmal trug er noch seine Uniform, die ich auf unangenehme Weise sexy fand wie früher wahrscheinlich die Mädchen ihre Offiziere. Er gibt mir einen kleinen Whisky aus der Minibar, wir wechselten ein paar Sätze, er erzählte mir von absurden Zwischenfällen auf seinen Flügen, von einer übergewichtigen Frau, die auf dem Klo festgesaugt wurde, von einem Mann, der heimlich geraucht hatte und bei der Landung von der Polizei festgenommen wurde, von einem randalierenden deutschen Schauspieler, dem er ein Beruhigungsmittel in den Champagner gekippt hatte. Wir lachten, und in das Lachen hinein begannen wir, uns zu küssen. Ein bis zwei höfliche Küsse und dann war es auch schon mit jedem zivilisierten Gehabe vorbei, der Rest war brutal, verzweifelt, voller

Hoffnung auf Erlösung. Die gab es auch wirklich, wenige Augenblicke lang.

Dann standen wir auf wie nach einem Kampf, duschten, er gab mir das Essiac, ich gab ihm – passend – das Geld, ohne Abschied ging ich von dannen. Minuten später kam ich in unsere Wohnung und rief: Hallo, Nacho, hier bin ich wieder. Alfred lag auf dem Sofa und hatte die *Tagesschau, Wetten daß* und den Themenabend auf Arte schon hinter sich, er winkte mir entgegen. Selbst wenn er schon geschlafen hatte, wachte er auf und hob die Hand, winkte mir zu.

Na, endlich, sagte er. Ich hab schon gedacht, ich muß mir Sorgen machen.

Nee, nee, was du immer denkst, sagte ich, und schon stand ich in der Küche und schüttete das stinkende grüne Kraut in den Topf. Ich rührte in der Suppe und rührte und rührte und wünschte mir mit aller Kraft, daß alles wieder gut würde und wir ein langweiliges, ereignisloses Leben führen dürften. Und gleichzeitig wußte ich nicht genau, ob ich nicht nur deshalb so viel Essiac-Suppe kochte, damit ich wieder weg konnte, um Nachschub zu holen.

An ihrem ersten Morgen auf Bali erwachte Babette von einem schlurfenden Geräusch, das im Rhythmus immer gleichblieb und sich nur langsam näherte. Mit unglaublicher Präzision fegte da jemand die Wege. Immer im gleichen Takt. Swusch, swusch, swusch. Ein Vogel gab einen Laut von sich wie ein klingelndes Handy. Mit der einen Hand schob sie den schweren Vorhang zur Seite. Das Licht traf ihre Netzhaut wie ein Messer. Erschrocken fuhr sie zurück, blinzelte in den Tropentag. Blutrote Hibiskusblüten wiegten sich vor tiefgrünen Blättern. Ein Schmetterling so groß wie eine Untertasse segelte vorbei. Überwältigt schloß Babette wieder die Augen. Einen grauen Regenmorgen konnte sie in der Früh verkraften, aber nicht diese aufdringliche tropische Pracht. Sie hörte Fritz aus dem Klo kommen, sie roch seinen pelzigen Schlafgeruch, als er näher kam und vor ihrem Bett stand.

Verblüfft blickte er auf sie herab. Nackt und großartig wie die Maja von Goya lag seine Frau da. Die Luft des Deckenventilators spielte mit einer Haarsträhne an ihrer Schläfe. Ihre Haut glänzte prall im hellen Licht. Vielleicht könnte er sie zu ein wenig Liebe überreden. Nicht jetzt, am Morgen, da war sie meistens schlecht gelaunt, aber nachmittags, in der größten Hitze, da sollten sie sich sowieso zurückziehen, und am besten noch heute, bevor sie den unvermeidlichen Sonnenbrand bekäme und er sie mehrere Tage lang nicht anfassen konnte, ohne daß sie aufheulte.

Er konnte nicht aufhören, sie anzustarren. Sie erschien ihm in diesem Licht so fremd und deshalb erstaunlich attraktiv. Ihm war klar, daß sie auf dem besten Wege war, sich von ihm abzuwenden. Insgeheim hatte er sich vorgenommen, ihr zuvorzukommen. Das würde den Schmerz mindern. Er streckte die Hand nach seiner Frau aus. Sie spürte den Lufthauch auf der Haut.

Bitte nicht anfassen, dachte sie. Ich will nicht, daß du mich anfaßt. Ich will es nicht!

Er überlegte kurz, wohin er seine Hand legen sollte, am liebsten hätte er sie auf ihre großen, schneeweißen Brüste gepreßt, aber damit hätte er ein besonders unwirsches Erwachen ihrerseits riskiert, also ließ er sie auf ihren weichen

Oberarm sinken. Seine Hand fühlte sich klebrig an wie die Patschpfote eines Kindes.

Babette, flüsterte er. Sie ließ ihn warten.

Babette, sagte er eine Spur lauter, es ist das wunderschönste Wetter da draußen.

Trottel, dachte sie, wir sind schließlich in den Tropen.

Er schüttelte sie sanft. Langsam klappte sie die Augen auf.

Ja? sagte sie künstlich verwirrt. Sind wir schon da?

Wie zu erwarten, lachte er.

Babette hatte in langen Ehejahren gelernt, ihren manchmal überraschend aufwallenden Widerwillen durch ein wenig Schauspielerei in Ersatzliebe zu verwandeln. Dazu brauchte sie nur das verwirrte Mädchen zu spielen, und wenn sie Glück hatte, war Fritz davon so angetan, so überströmend zärtlich, daß sie sich davon wiederum rühren ließ.

Prompt beugte er sich über sie und kitzelte ihr mit seinen schon ein ganz klein wenig schütter werdenden Haaren den Bauch.

Denk mal nach, sagte er. Liegst du etwa splitterfasernackt im Flugzeug?

Sie kicherte zur Probe. Ermutigt ließ er sich auf sie fallen.

Fritz, stöhnte sie und streckte sich unter ihm. Um ihn nicht zu enttäuschen, kicherte sie abermals, bevor sie sagte: Laß mich.

Ernüchtert richtete er sich auf. Es ist fast acht, sagte er. Ich bin schon seit sechs Uhr auf. Du kannst dir nicht vorstellen, wie schön...

Bitte nicht erzählen, fiel sie ihm ins Wort, untersteh dich!

Dann nicht.

Ich will es selbst sehen, okay?

Es wird bald sehr heiß werden.

Wir sind ja schließlich in den Tropen.

Dir wird sehr heiß werden.

Mir wird sehr heiß werden, wiederholte sie träge. Sie sahen beide aus dem Mückenfenster in den Garten. Guck mal, sagte er, da! Ein riesiger Schmetterling!

Ja.

Ist das nicht unglaublich, wie groß der ist?

Ja.

Du brauchst einen Kaffee.

Ja.

Sie stand auf und ging die Treppe hinunter. Noch auf der ersten Stufe fiel ihr Blick in den geöffneten Koffer von Herrn Shun. Hatte Fritz gar nicht bemerkt, daß sich Männersachen in ihrem Koffer befanden?

Im Vorbeigehen schlug sie den Deckel zu. Putzte sich mit Fritz' Zahnbürste die Zähne. Kämmte sich mit den Fingern, dem Kamm der Meerjungfrauen, wie ihre Mutter das genannt hatte, die Haare. Auf keinen Fall würde sie ihre stinkenden Flugzeugklamotten wieder anziehen. Und von Fritz konnte sie sich noch nicht mal ein T-Shirt ausleihen, ohne es zu sprengen. Während sie noch nach Vorwänden suchte, war ihr bereits klar, daß sie eins der feinen hellblauen Oberhemden von Herrn Shun anziehen würde, dazu eine seiner weißen Baumwollhosen, die konnte sie im Bund rollen, dann würden sie schon passen. Oder vielleicht doch das weiße Judooberteil? Aber das wäre zu offensichtlich. Das würde selbst Fritz auffallen.

Es war so heiß, daß ihr das Atmen schwerfiel. In der Ferne flirrte das Meer. Der Pool gleich neben dem Frühstücksrestaurant schwappte faul schmatzend über seine Ränder. An niedrigen Bambustischen saßen vornehmlich japanische Liebespaare, die Frauen mit Kinderfiguren in Häkelbikinis, die Männer mit Ziegenbärten und buntgefärbten Sonnenbrillen. Alle, alle jung, dünn und schön.

Babette entfuhr ein tiefer Seufzer, den Fritz zustimmend nickend als Begeisterung interpretierte. Kaum hatten sie sich an einen dieser kleinen Tische gesetzt, die die Japaner größer, sie jedoch monströs wirken ließen, kam die schönste Frau, die Babette je gesehen hatte, langsam und elegant herbeigeschwebt und überreichte ihnen zärtlich die Frühstückskarte.

Sie trug einen goldbedruckten, braunen Sarong, darüber ein gelbes durchbrochenes Spitzenoberteil, eine breite, goldene, Schärpe um die Wespentaille. Sie hatte einen vollen, perfekt geformten Busen, einen langen, schmalen Hals, der einen edel geformten Kopf trug. Ihre Haut war zartbraun, die Augen groß und dunkel, der Mund üppig, die dicken, schwarzen Haare trug sie nach traditioneller balinesischer Art in einem langen, kompliziert geflochtenen Zopf.

Sie sah aus wie erfunden. Lächelnd entblößte sie babyrosa Zahnfleisch und papierweiße Zähne. Mit leiser Stimme fragte sie nach ihren Wünschen.

Babette starrte sie unverhohlen an und wußte, daß sie in wenigen Sekunden Haß auf ihren eigenen dicklichen Körper überfluten würde. Nervös strich sie über Herrn Shuns weiße Hose auf ihrem Knie, da hörte sie ihn lachen und sagen: ›Denn alles Fleisch, es ist wie Gras.‹

Verdutzt blinzelte sie, aber mehr sagte er nicht. Sie wiederholte leise: Denn alles Fleisch, es ist wie Gras.

Fritz sah von der Frühstückskarte auf und sagte: Ich glaube, ich nehme die Rühreier mit Speck.

Die Schöne trug ihr Frühstück auf einem Tablett auf dem Kopf herbei, ging anmutig in die Knie und servierte. Babette betrachtete ihren berauschend bunten Obstteller mit orangeroter Papaya, karmesinroter Wassermelone und sonnengelber Ananas und das glitzernde azurblaue Meer.

Sie stellte sich vor, wie Herr Shun gerade irgendwo auf dieser Insel gleichfalls vor einem Obstteller saß, in einem ihrer T-Shirts, vielleicht in dem grünen mit dem Aufdruck: ›Alles, alles, alles.‹ Oder im schwarzweißen mit den 101 Dalmatinern. Oder dem blauen, das von ihrem Besuch im Maritimpark Saulgrub kündete. Sprechen Sie weiter, Herr Shun. Denn alles Fleisch, es ist wie Gras – was soll das heißen?

Fritz sah von seinen Rühreiern auf.

Du siehst jetzt schon ganz erholt aus, sagte er. Du grinst ja wie ein Honigkuchenpferd in der Südsee.

Jetzt wäre der richtige Augenblick gewesen, ihm von dem vertauschten Koffer zu erzählen, aber sie ließ die Gelegenheit vorüberziehen. Zu spät, zu spät, denn dann waren sie beide mit dem Frühstück fertig, und Fritz rief: An die Arbeit!, klatschte in die Hände und wanderte die zehn Schritte vor bis zum Meer, wo er die Hotelhandtücher auf den Liegen ausbreitete und die Sonnencreme auspackte.

Ich schmier dir den Rücken ein, sagte er entschlossen. Diese Sonne verbrennt einen sogar im Schatten. Hier ist das Ozonloch schon fast genausogroß wie in Australien. Keine Ausrede! Zieh dich aus.

Ich glaube, ich ziehe mich heute noch gar nicht aus, sagte

Babette und ließ sich auf eine Liege fallen, die unter diesem Aufprall fast zu Boden ging. Wahrscheinlich war sie nur fliegengewichtige Japanerinnen gewöhnt.

Sehr klug, nickte Fritz, aber wie willst du dann ins Wasser gehen?

Darüber denke ich später nach, sagte sie träge.

Er sprang behende auf, sein Speedometer an der nackten Wade.

Ich mache eine Runde am Strand lang und dann durchs Dorf zurück, rief er ihr noch zu.

Tschüß, sagte sie. Viel Spaß! Und dann sah sie ihn davoneilen. Von hinten sah er aus wie sechzehn. Lächerlich schmal. Ein dünner Hecht. Sie wußte, daß er sein ganzes Leben unter seiner Schmächtigkeit gelitten hatte. Eine Zeitlang hatte er es mit Gewichteheben versucht, aber als kein wirklich überzeugender Effekt zu sehen war, hatte er wieder damit aufgehört.

Mein dünner Hecht, dachte sie liebevoll. Wenn er zurückkommt, erzähle ich ihm endlich von dem Koffer.

Eine ältere, von Kopf bis Fuß weißgekleidete Balinesin mit ausladenden Hüften kam langsam mit einem Tablett auf dem Kopf angeschuffelt und legte vor jede der Steingottheiten, die am Strand die einzelnen Liegeplätze markierten, kleine Körbchen aus Koskusnußblättern mit Blüten nieder, besprenkelte diese Opfergaben mit Wasser aus einer Maggiflasche und strich mit einer Blüte, die sie zwischen Daumen und Zeigefinger hielt, mehrmals über sie. Als sie zu dem steinernen Frosch kam, der Babettes Liegestuhl bewachte, nickte sie Babette freundlich zu.

God, sagte sie. *Important.*

Babette nickte bekräftigend. *Very important,* sagte sie.

Die Frau nickte und sah sie ruhig an. *Important,* wiederholte sie und wanderte in Zeitlupe weiter zum nächsten Gott, einem grimmig dreinschauenden Affen.

Babette sah ihr nach. Was für eine klare, sinnvolle Existenz, dachte sie voller Neid. Jeden Tag Opfergaben basteln und den Göttern darbringen, einfach, weil es so sein muß. *Important.* Niemals über den Sinn nachdenken müssen, niemals meutern und hadern. Was bin ich dagegen für ein armes Schwein mit meinem Geschenkpapier. *Not important.*

Vielleicht sollte ich die Opferkörbchen fotografieren und drucken. Und die Götter. Ethnologisches Geschenkpapier. Oder gab es das schon? Bestimmt. Angewidert drehte sie sich auf den Bauch, da rief eine weiche Frauenstimme: *Hello, Madame?*

Mühsam wie ein Wal an Land wälzte sie sich wieder auf den Rücken. Am Fußende ihrer Liege stand eine kleine, aber robust wirkende Balinesin mit rosa Häkelhut.

You need massage? Manicure? Pedicure?

Babette winkte dankend ab, aber die Frau nahm einfach ihren Fuß in die Hand und begutachtete ihre Fußnägel.

You need pedicure, Madame, sagte sie streng. *And massage. Make you feel beautiful.*

Kaum hatte sie diese magischen Worte ausgesprochen, schmolz Babettes Widerstand dahin, ihr nächstes Abwinken war schon weniger entschieden, was die Frau sofort registrierte.

When come?

Later, sagte Babette schwach, *maybe later.*

My name Flower, insistierte die Frau. *You remember Flower, okay? Flower make you feel beautiful.*

Babette schoß der Gedanke durch den Kopf, daß sie dringend etwas für sich tun sollte, bevor sie Herrn Shun gegenübertreten würde. Entsetzt und gleichzeitig genußvoll schaute sie sich bei diesem Gedanken zu, so, als würde sie heimlich in der Nase bohren oder unter Wasser furzen.

Better now, sagte Flower. *Better beautiful now.*

Gehorsam folgte Babette ihr zu ein paar Holzliegen unter einem Gummibaum am Strand, wo Flower zusammen mit anderen Frauen ihre Open-Air-Massagepraxis unterhielt. Erschrocken sah Babette, wie ferkelrosa Europäer von kleinen, drahtigen Balinesinnen energisch hin- und hergerollt und geknetet wurden wie riesige Würste. Ab und an entfuhr einer Wurst ein tiefes, wohliges Grunzen.

Denn alles Fleisch, es ist wie Gras, murmelte sie.

Woher kam dieser Satz? Wie waren diese Wörter in ihr Gehirn gelangt und wieso hatte sie das untrügliche Gefühl, der Chinese habe sie zu ihr gesagt?

Flower zeigte Babette ihre Liege.

Take shirt off, sagte sie gebieterisch.

Schüchtern knöpfte Babette ihr Hemd auf und legte sich auf den Bauch.

Now pants, befahl Flower.

Mein Gott, sollte Babette hier etwa splitternackt in der Landschaft liegen? Sie spähte nach recht und links und sah, daß den anderen dezent ein Sarong über die intimen Partien gebreitet war, also schälte sie sich aus den Hosen von Herrn Shun, bekam ein Stück Stoff über den nackten Po geworfen, und dann walkte Flower auch schon drauflos.

Nach kürzester Zeit fühlte Babette sich wie ein Baby, das von seiner Mutter hin- und hergeschaukelt wird. Ihr Geist begann zu schweben und sich vollkommen losgelöst obszönen Bildern zuzuwenden. Er erfand Szenen von Herrn Shun und ihr auf dem Flugzeugklo, Babettes großer, weißer Po im Waschbecken, ihre Beine um Herrn Shuns Hals geschlungen. Verzückt schloß er seine schwarzbewimperten Augen, mit der Fußsohle fuhr sie ihm über die Haare, die sich anfühlten wie dichter Rasen. Dann wieder zog er ihr seine eigenen Hosen aus, unter einem duftenden Frangipanibaum, mitten in der Nacht. Weiße Blüten segelten wie zarte Küsse auf ihre nackte Haut. Sie sah seinen gemütlichen Bauch vor sich, die schwarze Wolle auf seiner Brust, die dünne Haarlinie, die von seinem Bauch bis zum Geschlecht verlief, sie roch seinen Zitronenduft. Aaaahh.

Babette gluckste leise auf ihrer Liege über diesen Loreroman, den sie sich da zurechtdichtete. Inzwischen hatte sie schon fast vergessen, daß Herr Shun mit ihrem Chinesen wahrscheinlich gar nichts zu tun hatte, aber kaum lag sie da und der weiche Wind strich wie eine große Feder über ihren Körper, kehrten ihre Gedanken zu diesem Szenario zurück wie Bienen zum Honigtopf.

Was wäre, wenn? Ach, es wäre ja nichts. Was sollte denn sein? Sollte sie mit Herrn Shun hinter einen Hibiskusstrauch springen, ihn heimlich in seinem Hotel besuchen, nach Köln fahren, ein Kind von ihm bekommen, ein Doppelleben führen, sich umbringen, wenn alles aufflog? War sie denn so unzufrieden? Was vermißte sie denn? Ich spiele doch nur ein bißchen, flüsterte sie sich selbst beruhigend zu.

Ihre Gedanken wurden von einem gellenden Schrei unterbrochen. Er wehte von der nahen Straße hinter dem Hotel herüber, jedoch er interessierte sie nicht sonderlich und brachte sie auch nicht dazu, sich aufzurichten. Erst als ein Polizist mit einer Jasminblüte hinter dem Ohr sie schüttelte und sagte: *Your husband,* rappelte sie sich widerwillig auf.

Sie sah ganz deutlich kleine Schweißperlen über den schwarzen Augenbrauen des Polizisten, den Schmuddelrand am Kragen seines weißen Nylonhemdes. Die Jasminblüte hinter seinem Ohr roch betörend.

My husband? wiederholte sie träge.

Der Polizist deutete aufgeregt auf die Straße hinter dem Hotel.

Your husband, stotterte er, *accident.*

Als erstes sah sie den Speedometer an seinem nackten Bein. 7565 Schritte hatte er gezählt, ganz genau. Ein Schritt weniger, und alles wäre anders verlaufen.

Gleich neben seinem Kopf lag eine kleine Opferschale aus Kokosnußblättern mit bunten Blüten darin, sie schwamm in dunkelrotem Blut, das in erstaunlichen Mengen aus seinem Kopf lief. Sie schob ihre Hände unter seinen Nacken und legte seinen Kopf in ihren Schoß, gleichzeitig war sie sich bewußt, daß sie so ein Bild abgab wie in einem Musikvideo, das sie erst kürzlich gesehen hatte. Sie wartete auf die Musik. Das hier war doch alles lächerlich.

Fritz lächelte nicht gerade, aber er sah ruhig und friedlich aus, seine Augen waren geschlossen.

Linksverkehr. Daß du mir nur aufpaßt, wenn du über die Straße gehst.

Um sie herum war ein Wirbel von Menschen und Autos

entstanden, nur dort, wo sie mit Fritz saß, war es still. Es roch modrig und ein wenig süßlich. Etwas weiter weg stand ein Suppenverkäufer mit seinem Holzkarren und betrachtete sie unverwandt. Sein Blick war vollkommen ausdruckslos, und Babette versuchte, in seinem Blick zu lesen, ob das hier schlimm war oder nicht. Bestimmt nicht. Fritz würde gleich wieder auf den Beinen sein, und der Speedometer würde weiterzählen: 7566, 7567, 7568...

Sie brachten Fritz gar nicht mehr in ein Krankenhaus. Im Ambulanzfahrzeug beugte sich ein balinesischer Arzt lange über ihn, hantierte an ihm herum, stach ihm am Ende mit einer langen Nadel in die Fußsohlen. Babette zuckte zusammen, Fritz reagierte nicht. Der Arzt reichte Babette eine kleine trockene Hand.

I'm sorry, Madame, sagte er.

Er stieg aus, Babette blieb allein zurück, sie saß neben Fritz, lange geschah nichts, einfach gar nichts. Stille. Auch in ihr selbst, als sei der Ton ihres Lebens einfach abgeschaltet, nur die Bilder liefen weiter.

Sie erinnerte sich später, daß die Balinesin vom Strand mit dem rosa Häkelhut, Flower, sie zurückgeführt hatte in ihr Hotelzimmer und lange neben ihr saß. Ein fremder Vogel hatte gekreischt wie ein Handy, und sie hatte gedacht, jetzt ruft Fritz an, jetzt ruft er endlich an. In Gedanken hatte sie ihm erzählt, er sei gestorben, weil er in Bali über die Straße gegangen war, ohne sich umzusehen. Er lachte, wie erwartet.

Du kannst rechts und links nicht auseinanderhalten, sagt er, *du.* Nicht *ich.*

Flower fütterte sie mit Papayaschnitzen, sie lächelte und plapperte, als sei nichts geschehen. War tatsächlich etwas geschehen? Hatte Flower die ganze Nacht dort neben ihr gesessen? Sie am nächsten Morgen gebadet, ihr einen Sarong in dunklen Farben und ein schwarzes T-Shirt angezogen? Woher kamen diese Sachen?

Als nächstes saß sie am Frühstückstisch. Genau dort, wo sie am Vortag mit Fritz gefrühstückt hatte, Rühreier mit Speck hatte er gegessen, und der deutsche Honorarkonsul saß ihr gegenüber, ein braungebrannter Mann in einem dunkelblauen Leinenjackett, der sich ständig über die grauen, gewellten Haare fuhr und sie mit ›gnädige Frau‹ anredete.

Ich würde Ihnen davon abraten, gnädige Frau, Ihren Mann… den Leichnam Ihres Mannes, korrigierte er sich, nach Deutschland zu überführen. Der bürokratische Aufwand ist enorm… und sehr belastend. Er winkte die schöne Kellnerin herbei und bestellte sich einen Melonensaft.

Die schöne Kellnerin nickte Babette freundlich zu, während sie die Bestellung aufschrieb. Unaufgefordert brachte sie Babette später einen Zitronengrastee. Am Strand sah Babette Flower mit dem rosa Häkelhut stehen und sie beobachten.

Nun ja, sagte der Konsul und strich sich nervös über die Haare. Ich rate Ihnen dringend zu einer Verbrennung, gnädige Frau. Natürlich können Sie zwischen einer zeremoniellen und einer informellen wählen, ich möchte Sie aber vor einer zeremoniellen warnen, denn die geht ins Geld. Balinesen geben dafür mehr aus als für ihre Hochzeit.

Babette nickte, als hätte sie verstanden. Aber die Wörter

bekamen keine Bedeutung, sie schwebten über ihrem Kopf wie ein Mobile: Verbrennung. Zeremonie. Hochzeit. Bürokratischer Aufwand. Sie lächelte sogar.

Ja, sagte sie.

Der Konsul atmete sichtlich auf. Sehr vernünftig, lobte er sie, das ist sehr vernünftig.

Eine Zeremonie, sagte Babette. Ich möchte eine Zeremonie.

O Gott, sagte der Konsul, Sie haben keine Ahnung, worauf Sie sich da einlassen, gnädige Frau!

Die schöne Kellnerin Majouni und Flower übernahmen.

Special ceremony, lächelten sie, *special ceremony for husband.*

Sie brachten Babette in ein Badehaus im Dorf, wo Babette geschrubbt, gebadet und massiert wurde, ihre Haare bekamen eine duftende Ölpackung, ihre Finger- und Fußnägel wurden manikürt und mit winzigen Blüten bemalt. Wie in Trance ließ sie alles über sich ergehen, osmotisch paßte sie sich der Stimmung der anderen an. Wenn sie lächelten, lächelte sie auch, wenn sie nickten, nickte sie mit. Sie war willen- und gefühllos, gleichzeitig hatte eine seltsame Aufregung ihren Körper erfaßt wie eine Droge. Sie spürte nichts, aber ihre Wahrnehmung war überscharf. Sie sah jedes Detail wie stark vergrößert, aber die Zusammenhänge entgingen ihr.

Zeit spielte keine Rolle mehr, später konnte sie sich nicht erinnern, wieviel Zeit zwischen Fritz' Tod und seiner Verbrennung verstrichen war. Sie sah seinen Körper nicht mehr wieder und hatte auch kein Verlangen danach, denn sie sah ihn doch die ganze Zeit leibhaftig vor sich. Keine Sekunde verging, in der sie ihn nicht neben sich spürte, wie die ganzen Jahre. Wieso sollte das jetzt anders sein?

Sie saß am Strand, als sei sie weiterhin im Urlaub, nur Fritz schien andere Pläne zu haben. Vage wartete sie darauf, daß Majouni ihr das Telefon brachte wie manchmal anderen Gästen. Das konnte doch nicht sein, daß Fritz nicht anrief. Er mußte sich doch endlich melden.

Fritz? Mensch, ich warte auf dich. Ich sitze hier am Strand und warte. Wieso meldest du dich nicht? Wieso läßt du mich hier einfach sitzen? Was fällt dir ein?

Ihre Gedanken bewegten sich in den gewohnten Bahnen wie ein Zirkuspferd, das immer dieselbe Vorstellung gibt und nicht versteht, daß die Vorstellung heute ausfällt. Heute und morgen und übermorgen. Sie war wie vom Donner gerührt. Das konnte doch alles nicht sein.

Den ganzen Tag lag sie angezogen auf ihrer Liege und beobachtete die Leute, die in einer endlosen Karawane am Strand vorüberzogen. Die balinesischen Kinder, die schwere Kisten mit Wasser, Mentos und Zigaretten auf ausgestopften Baseballmützen balancierten; die Müllabfuhr in gelben Sarongs und gelben T-Shirts, der Polizist mit der Jasminblüte hinterm Ohr, die fetten, alten Touristinnen in knappen Bikinis, japanische Liebespärchen, die Frauen auf hohen Plateausohlen und in dünnen Fähnchen, die Männer in bunten Badeschuhen.

Irgendwann würde Fritz vorbeikommen. Ihr Gehirn gaukelte ihr dieses Bild vor, bis sie ihn tatsächlich sah, aufsprang und hinter ihm herlaufen wollte.

Unvermittelt stand Flower vor ihr, im dunklen Sarong

und schwarzem T-Shirt wie sie selbst, den unvermeidlichen rosa Häkelhut auf dem Kopf. In der Hand hielt sie ein großes Foto von Fritz in einem geschnitzten Bilderrahmen.

Es war sein Paßfoto. Mißtrauisch sah er Babette leicht von unten an. Was soll das hier werden, wenn's fertig ist? Sie hörte ihn diesen Satz sagen. Ganz laut und deutlich. Mißbilligend. Kopfschüttelnd.

Flower nahm energisch ihre Hand und zog sie hoch.

Ceremony, sagte sie. *Now. Ceremony now.*

Babette wollte nicht gehen. Auf gar keinen Fall wollte sie dorthin. Wie ein störrisches Kind ließ sie sich zurück auf die Liege fallen, aber Flower zog sie abermals hoch und bugsierte sie in kleinen Schritten vor sich her die Strandpromenade entlang. Sie lachte, und Babette lachte zurück. Sie verstand nicht, warum sie lachte, ihr Körper machte einfach, was er wollte, und kümmerte sich nicht um sie. Ein junger Mann folgte ihnen und bot Babette erst Tätowierungen an, dann Transport zu den Sehenswürdigkeiten Balis, dann ein paar handgeschnitzte Löffel, bis Flower etwas zu ihm auf balinesisch sagte und er die Hände entschuldigend zusammenlegte, sich leicht vor Babette verbeugte. Babette fühlte sich mit einem Mal königlich. Erhaben. Besonders.

In der Ferne stieg eine Rauchsäule zwischen den Gummibäumen auf, und als sie näher kam, sah sie eine große Versammlung von traditionell gekleideten Balinesen um ein Feuer herumstehen. Die Männer trugen schwarze T-Shirts, Kopfschmuck und schwarzweiß wie Küchenhandtücher gewürfelte Überwürfe über schwarzen Sarongs, die Frauen schwarze Spitzenblusen und farbige Schärpen.

Majouni winkte Babette aufgeregt zu, schüchtern trat

Babette näher heran. Majouni sah berückend aus in ihrer schwarzen Spitzenbluse.

Fritz, schau doch mal.

Die Menge teilte sich vor ihr, sie sah einen brennenden großen Pappkarton auf einer Wellblechpappe liegen. Sarg, sagte ihr Gehirn. Sarg. Aber sie brachte das Wort mit der Kiste nicht zusammen. Unvorstellbar, daß Fritz in dieser Umzugskiste liegen sollte. Blaue Flammen aus Flammenwerfern züngelten um die Kiste. Die Männer, die die Flammenwerfer hielten, standen lässig neben blauen Propangasflaschen. In der Nähe des Feuers war es so heiß wie in der Hölle, und Babette wich entsetzt zurück.

Sie preßte Fritz' Foto an die Brust, verwirrt sah sie sich um. Sie war die einzige Weiße in dieser Trauergesellschaft. Wer hatte sie alle eingeladen? Wer das Ganze organisiert? Immer wieder wurde ihr freundlich zugenickt. Kleine Kinder rannten lachend und schreiend herum, ein Mann mit verspiegelter Sonnenbrille holte ein Handy unter seinem Sarong hervor und telefonierte, drei alte Männer spielten Karten unter einem Gummibaum.

Babette wollte fliehen, sie wollte weg von hier, aber Flower und Majouni hielten sie fest an den Schultern und schoben sie zu einem großen, hohen, weißgedeckten Tisch, auf dem Opfergaben aufgehäuft waren.

Ein Priester in einem weißen Anzug saß davor wie der einzige Gast an einer Festtafel. Er trug eine dicke, schwarze Brille und hatte einen schütteren, weißen Ziegenbart, der ihn aussehen ließ wie Ho Chi-minh. Nebendran wartete ein komplettes Gamelanorchester. Die Männer rauchten und lachten und sahen auf ihre imitierten G-Shock-Uhren.

Majouni drückte Babette auf den Boden, Flower setzte sich neben sie, und so warteten sie endlos, stundenlang, wie es Babette vorkam.

Sie wurde mit Obst und Reis gefüttert, man gab ihr zu trinken, um sie herum bewegten sich braune Kinderbeine und schwarze Sarongs in einem unaufhörlichen Auf und Ab. Sie schloß die Augen und dämmerte vor sich hin, bis Flower sie mit einem Ruck emporzog.

Die Propangasmänner machten ihre Flammenwerfer aus. Glut schwelte auf der Wellblechpappe vor sich hin, die jetzt mit Meerwasser aus Kokosnußschalen abgelöscht wurde. Das Gamelanorchester fing an zu spielen, Babette wurde zu der Wellblechpappe geführt und aufgefordert, die Asche anzufassen. Majouni machte es ihr vor. Graziös beugte sie sich herab und fuhr behende durch die nasse Asche, bis sie ein kleines Stückchen Knochen fand, das sie herausnahm und in eine Opferschale aus Koskosnußblättern legte. Betäubt machte Babette es ihr nach, bis sie ebenfalls ein kleines Stück Knochen fand.

Sie wußte, daß das Fritz war, und sie konnte es nicht begreifen. Es fühlte sich nicht anders an, als wenn sie in einem Aschenbecher herumgewühlt hätte. Ein seltsamer Laut entfuhr ihr, fast wie ein Kichern, das die anderen lächelnd quittierten.

Die Opferschale wurde dem Priester gereicht, der inzwischen seinen Anzug bis auf einen weißen Lendenschurz ausgezogen hatte, er setzte eine rote, hohe Samtmütze auf und begann mit zittriger Stimme zu singen. Als hätte das einen unmittelbaren Effekt, verdunkelte sich mit einem Mal der Himmel, es fing an zu schütten, und die gesamte

Trauergesellschaft flüchtete sich unter die Gummibäume und unter den Tisch, auf dem die Opfergaben standen.

Unschlüssig und bereits naß bis auf die Haut stand Babette da, bis Flower sie an der Hand nahm und unter den Tisch zerrte: Dort ging die Zeremonie unbeirrt weiter. Es wurde gesungen, Hibiskusblüten wurden verteilt, elegante, kleine Handbewegungen mußten mit ihr vollführt werden, Flower und Majouni machten es ihr vor, Babette versuchte, es ihnen nachzutun. Jetzt fühlte sie sich wie in einer Ballettstunde, in der sie alles falsch machte. Die Knie taten ihr weh. Als einzige stieß sie mit dem Kopf von unten an die Tischplatte, sie mußte sich unbequem ducken, ihre nassen Kleider klebten am Körper, sie begann das Ende dieser Zeremonie herbeizusehnen.

Touristen unter Regenschirmen hasteten auf der Strandpromenade vorbei und streiften sie mit verwundertem Blick. Was machte die Weiße mit all den Balinesen unter dem Tisch? Sätze flogen vorbei. Eine junge Frau in Bikini und Sarong sagte auf deutsch: Hast du mal Padang gegessen? Alles mit den Fingern. Nicht besonders hygienisch. Aber das Fleisch ist gut! Und nie mit links essen, mit der linken Hand wischt man sich den Hintern ab. Oder war es rechts?

Kurze Zeit später kam die Sonne wieder hinter den Wolken hervor und stach unbarmherzig auf sie ein. Babette fühlte sich schwindlig und benommen. Es war so heiß. Sie wollte in den Schatten, ins Kühle, nach Hause.

Das Bild von Fritz wurde ihr aus dem Arm genommen und herumgereicht, jeder nahm es in die Hand und betrachtete es aufmerksam. Ohne das Foto im Arm fühlte Babette sich plötzlich einsam und verlassen, und sie begann zu weinen. Flower rüttelte sie an der Schulter.

Today happy, sagte sie streng, *not sad.*

Sorry, sagte Babette reflexartig.

Der Priester kam hinter dem Tisch hervor und besprühte alle mit geweihtem Wasser. Babette reckte ihm gierig ihr Gesicht entgegen. Er stutzte nur einen winzigen Augenblick, dann wedelte er ihr eine besonders großzügige Ladung ins Gesicht. Um sie herum wurde gekichert. Der Priester klingelte mit einer Art Weihnachtsglocke, alle sprangen auf. Babette hatte Mühe zu stehen, ihre Beine waren eingeschlafen. Wie eine alte Frau richtet sie sich langsam auf. Um sie herum brach geschäftiges Treiben aus, in Windeseile wurden jetzt die Opfergaben auf die Wellblechpappe gehäuft und in einer Prozession zum Meer getragen. Langsam humpelte Babette hinterher.

Sie führen mich ins Wasser. Sie sah sich selbst dabei zu, wie durch den Sucher einer Kamera: Der Saum meines Sarongs schlägt naß gegen meine Beine. Sie setzen mich in einen Kajak, der dabei droht zu kentern, es ist schwierig, mit einem Sarong in einen Kajak zu klettern, lachend helfen mir die Männer, sie paddeln mit mir hinaus. Kinder schwimmen neben uns her und winken, und ich winke zurück, das alles ist nur ein Spaß, ein Ferienspaß. Kurz vor dem Riff, wo die Brandung sich bricht, reichen sie mir ein Opferschälchen mit drei Blüten, der Asche und den kleinen Knöchelchen. Sie nicken mir aufmunternd zu.

Ja? Sie nicken.

Was jetzt?

Sie machen eine Handbewegung, ich soll das Schälchen

aufs Wasser setzen. Nein, ich schüttele den Kopf. Sie lachen. Ich will nicht. Plötzlich spüre ich den Abschied wie eine klaffende Wunde, die mir bisher verborgen geblieben war. Ich erschrecke. Ich werde an dieser Wunde verbluten.

Der Mann in meinem Kajak nimmt sanft meinen Arm und lenkt ihn aufs Wasser. Das Schälchen fällt aus meiner Hand, hüpft verzweifelt auf den Wellen, wehrt sich gegen das Untergehen, aber da wird es bereits umgeworfen, die Asche schwimmt oben, winzige, graue Flecken auf grün, die sich schnell verteilen und unsichtbar werden.

Bleib, bleib.

Weit beuge ich mich über das Wasser, versuche das letzte, das allerletzte Aschestäubchen im Auge zu behalten, den letzten Teil von dir, da kommt ein japanisches Liebespaar auf einem Wasserjet vorbeigerast und wirbelt das Wasser auf wie ein kleiner Taifun. Ihr Lachen hängt noch lange in der Luft. Du bist fort.

Florian schläft bei Babette auf der Couch, und er bleibt auch die nächste Nacht und die übernächste, bis er mit einem Koffer auftaucht. Am nächsten Morgen bestaunt Babette seinen Rasierapparat, sein After-shave und die zweite Zahnbürste im Bad, alles sieht mit einem Mal so aus wie früher. Sie wohnt mit einem Mann zusammen.

Er ist was??? Thomas schüttelt verdutzt den Kopf.

Doch, ich glaube, er ist eingezogen.

Aber du kennst ihn doch überhaupt nicht.

So wenig oder so gut wie dich.

Sie steht auf und holt Thomas einen Kaffee ans Bett, dann legt sie sich wieder hin. Sie weiß, daß er nicht gern im Bett frühstückt, die Geste war idiotisch. Sie sollte ihm signalisieren, daß es so hätte sein können, wenn sie beide zusammengezogen wären. Kaffee ans Bett und noch ganz andere Dinge. Vertrautheit. Alltag.

Du hast ja zuviel Angst vor mir, sagt sie.

Und deshalb ziehst du einfach mit irgendeinem schwulen Modedesigner zusammen?

Babette zuckt mit den Schultern. Ich möchte durch das Alleinleben nicht verschroben und zickig werden, sondern großzügig über die Fehler eines anderen hinwegsehen können, sagt sie.

Sie sagt nicht, daß es ihr sehr viel einfacher erscheint, mit Florian zusammenzuleben als mit Thomas. Florian hat keine Launen, er ist ordentlich, er kann kochen, er schwatzt gern – ein Mann, der spricht! – sonntags liegen sie mit Schönheitsmasken aus Joghurt, Avocado und Honig auf dem Gesicht im Bett und sehen fern. All das erzählt sie nicht.

Reglos wie Puppen sitzen Thomas und Babette nebeneinander im Bett und sehen aus dem Fenster. Die Sonne scheint, Babette ahnt, was kommt. Prompt sagt er: Ich habe ein neues Labyrinth gefunden.

Babette seufzt. Können wir nicht einfach ohne Plan ein bißchen an die Seen fahren...

Es wird überall Stau sein, erwidert er.

Wir müssen ja nicht Richtung Autobahn fahren.

Aber das Labyrinth ist gar nicht weit.

Können wir nicht einfach mal ohne Plan... versucht sie es noch einmal.

Er haßt es, ohne Plan zu sein. Bittend sieht sie ihn an. Sie ist irgendwann, ohne daß er es gemerkt hat, hübscher geworden. Vielleicht der Sommer. Ihr Gesicht ist voller, ihre Haut transparenter, ihr Haar glänzt mehr, und sie trägt Farbe. Irgend etwas Blaues. Das steht ihr gut, sie wirkt darin so hoffnungsfroh.

War sie nicht früher immer nur schwarz gekleidet? Er hat sie nie gefragt, aber wahrscheinlich wegen ihres verstorbenen Mannes. Auf Bali beim Überqueren der Straße verunglückt. Schrecklich. Mehr hat sie nicht erzählt, und mehr will er auch nicht wissen. Er hält nichts davon, sich mit der Vergangenheit zu belasten. Er hört im Krankenhaus zu viele Geschichten. Das ist mit ein Grund, warum er Anästhesist geworden ist. Seine Patienten halten in der Regel den Mund. Aber die Schwestern erzählen noch genug. Eins kommt zum anderen und addiert sich zur Tragödie. Das Leben scheint sich allgemein irgendwann zur Tragödie zu verdichten. Aber wo liegt der Anfang? Am Anfang spielen nur ein paar Zellen verrückt, was keiner bemerkt. Darin liegt für Thomas die Krux: Der Anfang bösartiger Entwicklungen ist selten zu erkennen, und die Folgen sind kaum noch aufzudröseln. Irgendwann läuft immer etwas schief. Deshalb vermeidet er lieber gleich die Anfänge. Im Privatleben zumindest.

Im Beruf gelingt es ihnen manchmal, die Tragödie aufzuschieben und wieder Zukunft möglich zu machen. Lebenszeit schaffen ist die Devise, und es geht sie dann nichts mehr an, wie diese Zeit aussieht. Aber sie wissen es alle. Selten nur ist diese Zeit eine beschwerdefreie, glückliche, freie Zeit, in der alles wieder gut ist. Sie schaffen oft nur eine kleine Zone der Hoffnung und der Angst, zwischen denen die Patienten und ihre Angehörigen erbarmungslos hin- und hergeworfen werden wie in einem gewaltigen Sturm.

Babette hat keine Ahnung. Ihr Mann hat unendliches Glück gehabt, im Bruchteil einer Sekunde ausgelöscht zu werden, was für ein unermeßliches Glück. Thomas betet um so einen Tod, wie alle Ärzte und Schwestern. Bitte niemals Patient werden, heißt ihr unablässiges inständiges Gebet.

Er hat den falschen Beruf gewählt, das weiß er seit langem. Er kann das Unglück der anderen nicht abschütteln, er fühlt sich verfolgt davon, erpreßt, deprimiert, grau und müde, verzweifelt. Er kommt nicht darüber hinweg, daß das Leben mit Krankheit und Tod endet. Daß die Tragödie unvermeidlich ist. Alles scheint ihm den Samen der Tragödie bereits in sich zu tragen. Es fällt ihm schwer, Freude zu empfinden, er schafft es nicht, nicht daran zu denken.

Seine Frau hat ihn deshalb verlassen. Ich möchte einfach nur fröhlich sein, hat sie gesagt. Er versteht sie, denn das möchte er auch, aber er kann nicht. Fröhlichkeit passiert nicht einfach so, Fröhlichkeit braucht einen Plan.

Laß uns doch einfach ein bißchen herumfahren, fängt Babette von vorne an. Einfach nur so.

Aber genau das ist es, was ihn zur Verzweiflung treibt, dieses ›einfach nur so‹. Einfach nur so macht das Leben, was es will.

Abfahrt in einer halben Stunde, flüstert er mir ins Ohr, und dann höre ich ihn, wie er durch die Wohnung stampft und die Wasserflaschen füllt, Äpfel und hartgekochte Eier in den Rucksack packt, Blasenpflaster für mich und seinen blöden karierten Sonnenhut, den ich am liebsten wegwerfen würde, weil er damit aussieht wie ein Depp.

Man könnte meinen, wir rüsten uns fürs Matterhorn. Ich wälze mich aus dem Bett, das Parkett ist noch angenehm kühl unter meinen Füßen, in wenigen Stunden werde ich heiß und aufgequollen und schlechter Laune sein.

Noch fünfundzwanzig Minuten, ruft Thomas aufgeregt.

Wie ein Hund rennt er den Flur auf und ab, bis ich endlich geduscht habe, mich von Kopf bis Fuß mit Sonnenschutzcreme eingerieben und meinen Lippenstift gefunden habe. Ich gehe nirgendwohin ohne Lippenstift. Auch nicht ins Labyrinth. Ich weiß nicht, wer diese idiotische Idee aufgebracht hat, aber plötzlich gibt es sie überall: Labyrinthe im Maisfeld.

Boshafte Bauern säen im Frühjahr verschlungene Muster aus Maiskörnern, im Juli dann stellen sie ein Holzhäuschen neben die mannshohen Pflanzen, nehmen zwischen sieben und zwölf Mark Eintritt von den Städtern, die sich im Schnitt vier Stunden im Labyrinth verirren, um sich dann am Ende auf überteuertes Eis und Limonade zu stürzen. Gelangweilte Kinder eilen mit ihren plappernden Müttern und energischen Vätern genauso hinein wie Liebespaare und Senioren, denen partout nichts anderes mehr einfallen will.

Ab und an begegnet man einem jungen Mann allein, niemals einer Frau. Wir Frauen haben keinen Spaß daran, uns zu verirren, weil wir es sowieso dauernd tun. Es liegt an den Hormonen, erklärt mir Thomas. Frauen können sich Schuhgeschäfte merken, aber keinen Straßenverlauf. Sie können besser kommunizieren, fremde Sprachen leichter lernen, sich Aussehen und Mimik von Menschen genauer merken, aber verständnislos beugen sie sich über einen Stadtplan wie über einen persischen Teppich. Gibt man Männern ein wenig Östrogen, so doziert er weiter, verlieren sie schlagartig ihre Orientierung, fangen aber an zu reden und hören auch besser zu.

Dann fütter ich dich ab sofort nur noch mit Kalbsschnitzel, sage ich.

Er lacht. Höre ich dir etwa nicht zu?

Ich weiß oft nicht, sage ich ehrlich, ob du nur so tust.

Ich höre alles ganz genau, auch wenn ich nicht so aussehe.

Aha, sage ich schwach.

Man hat nachgewiesen, daß sogar Patienten unter Narkose noch sehr genau hören, was um sie herum vorgeht. Seitdem fluchen wir weniger beim Operieren.

Vergnügt summt er am Lenkrad vor sich hin und legt seinen freien Arm um meine Schultern.

Frisch verliebt bin ich noch vor wenigen Monaten all die Leberflecken und Sommersprossen auf seiner Haut mit dem Finger abgefahren wie Sterne im Sonnensystem. Die Haut meines Liebsten sollte die neue Landkarte meines weiteren Lebens sein, an ihr wollte ich mich orientieren und an sonst gar nichts, aber sie führt ins Nichts. Voller Angst rühren wir uns nicht vom Fleck, starr und steif wie Käfer, die auf den Rücken gefallen sind. Nicht bewegen, ist unsere Devise, es könnte sonst nur schlimmer werden. Als äußeres Täuschungsmanöver joggt er wie ein Verrückter um den Friedhof, jetzt, wo die Tage wieder länger sind, auch abends, am Samstag trainiert er die Marathonstrecke, am Sonntag rennen wir durch diese blöden Labyrinthe.

Gleich nach der Autobahnabfahrt schon das erste Schild: LABYRINTH IM MAISFELD – IRRER FREIZEITSPASS FÜR GROSS UND KLEIN.

Thomas beginnt zu pfeifen. Ich bemühe mich, mich an seiner Freude zu freuen. Er wirkt so viel vergnügter, als wenn ich ihn zwinge, zu Hause zu bleiben, auf dem Balkon. Dort pflanzt er sich mißmutig in den Liegestuhl, blättert laut und ungeduldig seine medizinischen Zeitschriften durch, weiß nicht, wohin mit sich. Aber ich, ich genieße es, jede neue Petunien- und Geranienknospe zu betrachten, vorsichtig die kleinen Tomatenpflänzchen an der Hauswand zu gießen und den intensiven Duft der Blätter zu riechen, mir kleine Stückchen Wassermelone in den Mund zu schieben, meine Fußnägel zu lackieren, in den Sommerhimmel zu blinzeln und mich keinen Schritt mehr vom Balkon wegzubewegen.

Augenblick für Augenblick erobere ich mir das Leben zurück. Thomas versteht das nicht. Florian schon.

Wir haben zusammen ein Taubenküken aufgezogen. Haben es nicht mehr übers Herz gebracht, die verzweifelten Taubeneltern zu verscheuchen, ihre improvisierten Nester zu zerstören, die Eier in den Abfall zu werfen.

Komm, sagte Florian eines Tages, wir machen uns ein Haustier.

Wir fingen an, die Eltern mit Körnern zu füttern, bis sie nicht mehr aufgeregt mit den Flügeln schlugen, wenn wir uns dem Nest näherten, wir bauten ihnen eine Plastikschutzwand, als es am ersten Mai tatsächlich noch einmal schneite, machten es ihnen hübsch auf dem Balkon, sorgten uns um das schutzlose Ei, wenn ausnahmsweise beide Eltern ausgeflogen waren, und legten eine Wärmflasche neben das Nest.

Mit einem Mal freuten wir uns an ihrem Gegurre in der Früh, wir begrüßten Paloma und Paul, so hatten wir sie genannt, in dem wir selbst idiotische Gurrgeräusche ausstießen, und wir zitterten vor Aufregung, als sich tatsächlich eines Morgens ein häßliches nacktes Küken den Weg aus dem Ei in die Freiheit pickte. Wir tauften es Pablo und feierten seinen Geburtstag mit Mojitos auf dem Balkon, bis wir betrunken miteinander Salsa tanzten.

All das habe ich Thomas nicht erzählt. Meinen kleinen idiotischen Alltag mit schwulem Hausfreund und Taubenfamilie.

Inzwischen ist das Küken flügge, Paloma, Paul und Pablo sind verschwunden, aber mit ihrer Hilfe kann ich mich an meinen zweiten Frühling ohne Fritz erinnern. Ich habe wieder ein Gedächtnis, das mich allein in der Zeit beschreibt. Ohne Fritz, aber nicht mehr als schwarzer Fleck. Langsam bekomme ich wieder Farbe. Wie kleine, bunte Liebesperlen sammele ich meine winzigen Momente des Glücks.

Maiskolben weisen uns den Weg. Ein öder betonierter Hof brütet in der Sonne, ein hüftgelenkskranker Hund hinkt mißmutig in den Schatten. Der Parkplatz ist bereits randvoll, am Labyrintheingang sitzt ein dickes Mädchen im lila Lurextop und döst vor sich hin. Thomas springt behende auf sie zu und löst im Handumdrehen zwei Karten, bevor ich noch aus dem Auto gestiegen bin.

Sie können ein Wochenende in einem supertollen Hotel am Kochelsee gewinnen, wenn Sie innerhalb von zwei Stunden wieder draußen sind, höre ich das Mädchen träge sagen.

Das wird jetzt Thomas' Herausforderung sein. In Erbenbach haben wir einen Tischstaubsauger gewonnen, in der Holledau ein fünfteiliges Messerset. In Burgen hatte ich mir den Fuß verstaucht, und wir kamen drei Minuten zu spät heraus, um einen Flug für zwei nach Mallorca zu gewinnen, obwohl Thomas mich die letzten Meter auf dem Rücken trug.

Fette Schmeißfliegen brummen um meinen Kopf wie kleine Helikopter, Bremsen freuen sich auf mich, Wespen fliegen aus, Mückenweibchen frohlocken. Insekten lieben Maisfelder. Jeden Zentimeter unbedeckter Haut reibe ich mit Autan ein, das am Ende auch nicht hilft, wie ich aus Erfahrung weiß. Stillschweigend opfere ich meine Arme und Beine, denn ich trage dummerweise ein Kleid – das blaue Kleid, weil er es an mir so liebt. Jedesmal wieder, wenn ich es trage, betrachtet er mich staunend und sagt: Wie gut dir diese Farbe steht!

Kommst du? ruft Thomas aufgeregt.

In der Entfernung höre ich Kindergeschrei und die immer gleichen Rufe: ›Hier waren wir schon!‹ – ›Wo geht's lang?‹ – ›Komm hier lang!‹ – ›Nein, hier! Hier geht's lang!‹

Dreieckige, weiße Fähnchen tanzen über die Maispflanzen wie Schiffchen übers Meer. Keine Ahnung, warum man immer diese blöden Fähnchen in die Hand gedrückt bekommt, vielleicht um abends, wenn alle anderen den Ausgang gefunden haben, um Hilfe zu wedeln und von einem kopfschüttelnden Bauern mit jeder Menge klimperndem Eintrittsgeld in den Taschen gerettet zu werden.

Jetzt komm doch, sagt Thomas ungeduldig, Mücken sind doch jetzt noch gar nicht unterwegs!

Thomas, hast du das Wasser?

Ja, er hat alles dabei, er hat immer alles dabei. Ich bin diejenige, die vergißt, die verhuscht ist, die sich verirrt.

Ungeduldig nimmt er mich an der Hand und zieht mich hinein ins düstere Labyrinth. Die hohen, häßlichen Maispflanzen stinken nach Pflanzenschutzmittel, und der erste Schritt hinein erschreckt mich jedesmal. Sofort habe ich das Gefühl, endgültig den Überblick über mein verworrenes Leben zu verlieren. Sehnsüchtig werfe ich einen letzten Blick zurück zum hellen Loch des Eingangs. Entschlossenen Schritts biegt Thomas bereits um die Ecke, die weiße Fahne siegesgewiß in der Hand. Mit gesenktem Kopf trotte ich hinterher. Das vorletzte Mal habe ich mit Konfetti aus der Hosentasche versucht, den Weg zu markieren, um umdrehen und hinauslaufen zu können, aber nach wenigen Minuten schon hatte Thomas die bunten Pünktchen im Gras entdeckt und mich zur Rede gestellt.

Unsportlich fand er das, eine Spielverderberin sei ich, und ob ich ihm denn nicht vertraue, er brauche keine Ariadne. Ein richtiger Mann verirrt sich nicht.

Ein Paar kommt uns lachend entgegen, sie ganz in Rot, er in Grün. Hier waren wir ganz bestimmt schon, sagt sie, ich könnte es schwören.

Ja, ja, nickt Thomas im Vorbeigehen, das sagen immer alle.

Wir kommen an die erste Rätselstation, dort gibt es außer dem Uralträtsel der Sphinx (Was geht am Morgen auf vier, am Mittag auf zwei und am Abend auf drei Beinen?) ein Stückchen Papplabyrinth als Puzzle. Erst wenn alle Puzzleteile beieinander sind, haben wir Chancen, das Wochenende am Kochelsee zu gewinnen.

Ich träume von meinem Balkon und all meinen Blumen, die jetzt gerade in diesem Moment aufblühen. Mach, daß eine Begonie aufblüht. Eine Petunie. Eine Geranie. Ich höre meinen Vater mit den Fingern schnippen: Jetzt gerade, jetzt in diesem Augenblick blüht eine Begonie auf. Und jetzt eine Petunie. Und jetzt eine Geranie.

Mach, daß mein Geliebter wiederkommt wie einst im Mai.

Jetzt komm weiter, drängt Thomas und sieht auf die Uhr.

Kinder rennen quietschend um die Ecken, Mütter rufen nach ihnen aus weit entfernten Ecken des Labyrinths. Vor uns geht langsam und vorsichtig ein altes Ehepaar in Khakianzügen wie Tropenforscher. Ich drehe mich im Vorbeigehen nach ihnen um und nicke ihnen zu. Sie nicken mit Verzögerung zurück, sehen dann wieder auf ihren Plan und hoch hinauf in die Maishecken. Sie wirken verloren, als hätten sie sich vor ewigen Zeiten verirrt und könnten sich nicht mehr daran erinnern, wann in ihrem Leben ihnen das zugestoßen ist.

Ich habe das Gefühl, daß wir im Kreis gehen, und zwar schon seit mehr als zwanzig Minuten. Thomas steht der Schweiß auf der Stirn. Er hält an, drückt mir die Fahne in die Hand und nimmt den Hut ab. Ich sehe ihn freundlich an. Ich habe gelernt, nicht kritisch zu schauen, wenn er nicht mehr weiterweiß.

Hab's gleich, sagt er.

Ich sehe zu Boden und scharre wie ein Pferd. Er nimmt die Flasche Wasser aus dem Rucksack und bietet sie nach kurzem Zögern zuerst mir an. Belustigt betrachtet er meine Handtasche.

Daß du immer diese Riesenhandtasche mitschleppst. Ich frage mich wirklich, was du da immer drin hast.

Konfetti und Wollknäule, sage ich trocken.

Nix da, sagt er und verstaut die Flasche wieder, nachdem er sie fast vollständig geleert hat, weiter geht's und keine Tricks.

Er gibt mir einen schweißnassen Kuß.

Ariadne hat ihr Wollknäuel ja auch nichts genützt, seufze ich. Am Ende hat Theseus sie auf einer einsamen Insel zurückgelassen.

Wovon redest du? Er konnte doch nicht anders.

Warum? Das habe ich vergessen.

Weil Ariadne Dionysos gehörte und nicht ihm. Und er war immerhin so traurig darüber, daß er vergessen hat, die weißen Segel zu setzen, und sein Vater sich von der Klippe gestürzt hat, als er die schwarzen Segel sah.

Du kennst dich aber gut aus, sage ich.

Ja, sagt er. Ich bin Spezialist für Tragödien.

Das grünrote Paar von vorhin biegt um die Ecke. Sie wirken nicht mehr ganz so fröhlich wie zuvor. Ein Kind heult verzweifelt in einem Parallelgang.

Thomas fängt reflexartig an zu summen und nimmt meine Hand.

Na, sagt er jovial, wo meinst du, sind wir?

Ich glaube, wir gehen im Kreis, antworte ich wahrheitsgemäß.

Wenn du mich nicht hättest, lacht er. Schau, da ist die Sonne, da ist Südosten. Mit einer Uhr und der Sonne kann sich kein Mensch verirren.

Munter geht er weiter und zieht mich hinter sich her.

Das alte Ehepaar im Khakianzug steht in einem Gang und sieht sich verwirrt um.

Na, die haben wir doch auch schon mal gesehen, sagt Thomas.

Ja, weil wir im Kreis gehen, sage ich leise.

Thomas hört nicht zu.

Wir begegnen einer Familie mit drei Kindern in gelben T-Shirts, auf denen ›Spaß im Maisfeld‹ steht. Die Mutter stöhnt, der Vater schimpft, die Kinder maulen. Ich hab mich nicht verirrt, sagt der Vater wütend. Und außerdem wolltet *ihr* ja unbedingt hier rein!

Wir drücken uns an ihnen vorbei, sehnsüchtig blickt die Mutter Thomas nach, der so kompetent wirkt wie ein Sherpa. Als wisse er allein, wo's langgeht.

Dreimal wiederhole ich, ich hätte das Gefühl, wir gingen im Kreis. Abermals begegnen wir dem rotgrünen Paar. Sie hat sich ein Taschentuch vor die Augen gepreßt. Ihre Schultern heben und senken sich, während er sich nervös umsieht und ungeschickt ihren Arm tätschelt.

Verstohlen sehe ich auf die Uhr. Seit einer Stunde und achtundvierzig Minuten irren wir hier schon herum. Auf Thomas' nackten Beinen bilden sich häßliche rote Pusteln. Aber die Mücken sind ja noch nicht unterwegs, seiner Meinung nach. Dunkle Schweißflecken haben sich auf seinem T-Shirt ausgebreitet, die Wasserflasche ist leer, die Äpfel und Eier sind verzehrt, der Ausgang nicht in Sicht. Na gut, sagt er mit einem gequälten Lächeln, das Wochenende am Kochelsee können wir wohl vergessen. Tut mir leid, Betti.

Macht nichts, erwidere ich. Und ganz vorsichtig sage ich: Weißt du nicht mehr, wo wir sind?

Hach! ruft er laut. Das wäre ja noch schöner. Und weiter stapft er, als gälte es, den Nordpol zu überqueren, den Annapurna zu bezwingen, die Wüste Gobi zu überleben. Meine Knöchel sind geschwollen, meine Schulter ist lahm von der schweren Handtasche.

Ich kann nicht mehr, jammere ich.

Er dreht sich nicht um. Erst als er mich verloren hat, kommt er zurück.

Ach, Betti, sagt er und stöhnt ein wenig. Jetzt komm schon, ist doch lustig. Darauf erwidere ich nichts, um das dumpfe Echo seines Satzes nicht zu zerstören, vielleicht hört er es ja. Ist doch lustig. Er läßt den Kopf hängen.

Haben wir uns verirrt? setze ich erneut an. Wo sind wir? Weißt du, wo's langgeht?

Ich lasse mich auf das braune ausgetretene Gras fallen. Wir müssen in einem Seitenweg gelandet sein, denn es kommt niemand mehr an uns vorbei. Er setzt sich neben mich.

Weißt du, wo wir sind? fragt er leise.

Es ist das erste Mal, daß er mich nach dem Weg fragt. Daß er überhaupt einen anderen Menschen nach dem Weg fragt.

Nein, antworte ich. Wir gehen seit Stunden im Kreis.

Was? Warum sagst du denn nichts? Kopfschüttelnd sieht er mich an.

Ich hab's ja gesagt, aber du hörst mir nicht zu.

Ist das wahr? Tut mir leid.

Du hörst überhaupt sehr schlecht zu.

Ich habe keine Ahnung, wo wir sind, kichert er. Überhaupt keine Ahnung.

Er zieht mich an sich. Wir haben uns total verirrt, flüstert er in mein Ohr.

Total, flüstere ich zurück.

Über uns kreisen Bussarde. Von ferne hören wir Stimmen.

Wir wissen mit uns nicht mehr weiter.

Und deshalb bist du mit einem anderen Mann zusammengezogen? fragt er leise.

Er ist kein anderer Mann, sage ich.

Ein anderer Mensch, sagt er.

Ja.

Er schweigt und kratzt mit einem kleinen Ast Muster in die trockene Erde zwischen den Maispflanzen.

Wovor hast du Angst? flüstere ich.

Hab ich nicht, sagt er schnell.

Warum... fange ich an, warum...

Was?

Warum reiche ich dir nicht, warum nimmst du Pillen, warum brauchst du das? will ich ihn fragen.

Warum was? fragt er. Sag schon.

Warum willst du nicht mit mir zusammenziehen?

Welchen Vorteil hätte das für uns?

Den Alltag. Wir hätten den Alltag zusammen, sage ich.

Der Alltag. Er lacht und legt seinen Kopf in meinen Schoß. Ich streiche ihm das Haar aus der verschwitzten Stirn. Der Alltag ist furchtbar, seufzt er.

Der Alltag ist wunderbar.

Er richtet sich auf und sieht mir in die Augen. Wie kommst du darauf? fragt er. Wie kommst du auf so einen Blödsinn?

Weil im großen und ganzen das Leben tödlich verläuft, versuche ich zu scherzen, sollte man sich vielleicht auf die Kleinigkeiten konzentrieren...

Huch, sagt er und schüttelt sich, das klingt aber verdammt nach Rosenzüchten und älter werden.

Das meine ich aber nicht! Ich stehe auf und wedele aufgeregt mit meiner Handtasche. Wie kannst du nur so zynisch sein! So abgebrüht!

Er lächelt mich schief von unten an. Da ist aber jemand wütend, sagt er.

Ja, schreie ich, jetzt bin ich wirklich wütend. Im Gegensatz zu dir, denn du hast ja alles immer schön unter Kontrolle. Bloß nichts dem Zufall überlassen. Lieber irgend 'ne Pille nehmen, damit alles schön nach Plan passiert.

Er sieht mit einer schnellen Kopfbewegung zur Seite.

Man braucht Mut für den Alltag! brülle ich. Weil er eine Katastrophe ist! Er besteht nur aus Chaos, Unordnung und seltsamen Gefühlen wie so ein wirres Stück Urwald – da gehst *du* ja gar nicht erst rein. Oder du holst eine Machete und räumst erst mal richtig auf. Nichts darf entstehen, weil es ja bedrohlich werden könnte. Aber vielleicht hackst du dabei auch ein paar Orchideen ab!

Das ist jetzt aber 'n bißchen kitschig, findest du nicht?

Er lehnt sich auf den Ellenbogen zurück und schlägt betont lässig die Beine übereinander. Amüsiert mustert er mich. Ich fühle mich häßlich. Sein Blick wandert über meine stämmigen, weißen Waden, meinen runden Bauch, über meinen großen Busen, er mustert die Schweißflecken unter meinen Achseln, meine klebrigen Haare, die glänzende Nase.

Vielleicht spürt er trotz der zusammengebissenen Zähne sein klopfendes Herz, das in Aufregung geraten ist wie ein kleines gefangenes Tier. Das kann sie mit mir nicht machen. Das darf sie nicht.

Er lächelt, das hat er gelernt.

Sag was, schreie ich. Jetzt sag was, sonst...

Er schweigt und lächelt.

Sonst geh ich!

Sein Atem zittert, aber er lächelt weiter. Niemand, niemand darf ihn in diesen lächerlichen Zustand der Angst versetzen.

Ich zögere, ich will doch überhaupt nicht gehen, aber da er nicht aufhört, süffisant zu lächeln, muß ich mich umdrehen und davonlaufen. Ich biege um die nächste Hecke, und er ist verschwunden.

Blind irre ich durch das dämliche Labyrinth, meine Kehle ist ausgedörrt, mein Brustkorb steht in Flammen. Diesen Schmerz erkenne ich: Abschiedsschmerz. Ich bleibe stehen.

Fritz, heule ich, hilf mir.

Aber Fritz sagt kein einziges Wort. Er läßt mich allein und verwirrt zurück, wie ein Kind im dunklen Wald. Ich fürchte mich.

Ich versuche, den Weg zurück zu Thomas zu finden, weit bin ich doch noch nicht gegangen, aber jede Maishecke sieht gleich aus. Wie ein kopfloses Huhn irre ich umher, bis die Sonne sich bereits neigt und die Maiskolben über meinem Kopf buttergelb färbt.

Verzweiflung droht mich zu übermannen, schließlich halte ich eine Gruppe von kichernden jungen Mädchen in

Combat-Hosen und -Jacken an, die an mir vorübereilt. Verschwitzt und aufgelöst stehe ich vor ihnen, eine in ihren Augen alte Tante in einem blauen Kleid, völlig falsch gekleidet für eine Abenteuertour im Labyrinth, mitleidig und ein wenig ungeduldig mustern sie mich.

Wir sind schon dreimal durch, sagen sie, klar, kommen Sie ruhig mit.

Innerhalb von wenigen Minuten führen sie mich hinaus, ganz nah war der Ausgang, lächerlich nah.

Sein Auto steht noch da, aber von ihm keine Spur. Von dem dicken Mädchen im Lurex-Top hole ich mir eine klebrige Cola. Gut, daß ich meine Handtasche dabeihabe, ein wenig Geld, meinen Hausschlüssel. Diese Angewohnheit aus meinen wilden Zeiten vor Fritz habe ich wieder aufgenommen: Geh niemals ohne Geld und Hausschlüssel mit einem Mann aus, du weißt nicht, wie der Abend enden wird. Ich glaube, ich habe den Tip sogar von meiner Mutter.

Wie oft habe ich mich nach einem Streit allein auf den Weg nach Hause gemacht, habe aufatmend die Tür zu meiner Studentenbude hinter mir zugeschlagen, bin gemütlich allein ins Bett gegangen.

Ich setze mich auf die von der Sonne aufgeheizte Kühlerhaube von Thomas' Wagen und betrachte den Sonnenuntergang, die letzten weißen Wimpel der Labyrinthbesucher, die über dem Feld wehen.

Als der Himmel sich schon grünblau färbt und der Abendstern herauskommt, die letzten Autos vom Parkplatz gefahren sind, sitze ich immer noch da. Kein einziger weißer Wimpel ragt mehr aus dem Maisfeld.

Das dicke Mädchen verrammelt die Holzbude und latscht Richtung Bauernhaus. Ich lege mich auf das immer noch warme Blech der Kühlerhaube und beobachte, wie nach und nach die anderen Sterne angeknipst werden wie nach einem Schaltplan.

Ich spüre Fritz neben mir.

Hallo, sage ich leise.

Hallo, sagt er und nimmt meine Hand und schüttelt sie leicht, so wie er es immer getan hat. Du bist aber manchmal auch ein bißchen doof, sagt er. Was hat er dir denn getan?

Ich höre den Piepton der automatischen Türverriegelung, bleibe liegen, richte mich nicht auf. Thomas setzt sich ins Auto, und ich liege dekorativ, wie ich hoffe, vor ihm auf der Kühlerhaube. Langsam drehe ich mich auf den Bauch und betrachte ihn durch die Windschutzscheibe. Seine Stirn ist verbrannt, sein Haar verstrubbelt, er sieht aus, als käme er von einer Expedition zurück, gierig trinkt er Wasser aus einer Flasche, die im Auto gelegen hat, es muß labbrig warm sein. Er sieht mich an, während er trinkt.

Ich rutsche von der Kühlerhaube und steige zu ihm ins Auto. Ich habe einen Plan. Schweigend knöpfe ich ihm das Hemd auf. Er läßt es geschehen, bewegt sich nicht. Als ich mich an seiner Hose zu schaffen mache, will er meine Hände festhalten.

Laß mich, flüstere ich, bitte.

Ich will etwas beweisen, ihm wie mir. Es muß doch auch ohne Pillen gehen.

Mein Herz klopft vor Aufregung, denn wenn es mir nicht gelingt, werden wir keinen Ausweg finden. Wir werden noch eine Weile höflich miteinander sein, uns noch ein paarmal sehen, vielleicht sogar noch ein, zweimal miteinander schlafen, nur mit Widerwillen wird er seine blaue Droge einwerfen – die will was von mir und ich muß funktionieren –, die Abstände werden größer werden, ich werde den kleinen Friedhof vermeiden, wie er wahrscheinlich auch, zufällig werden wir uns beim Einkaufen irgendwann über den Weg laufen wie nie zuvor und nie danach, wir werden uns traurig zulächeln und wissen, daß wir versagt haben. Er legt den Kopf in den Nacken.

Wenn jemand kommt! murmelt er.

Darauf einigen wir uns stumm, auf diese Entschuldigung für seine Schwäche, seine Angst, seine Verweigerung, sein Versagen. Was genau ist es? Und bin ich daran schuld? Er will mich aus seinem Schoß ziehen, aber ich lasse ihn nicht.

Wenn jemand kommt, sagt er wieder.

Wenn jemand kommt, wird mich niemand sehen. Tief über ihn gebeugt, gebe ich nicht auf, lange, lange nicht. Und kurz bevor mich die Enttäuschung packt und ich uns beide schon vor mir sehe, traurig und wortlos, gefangen in unserem Unvermögen wie in einem engen Käfig, sehe ich in der Seitentasche der Fahrertür eine Schachtel ›Altoids‹ Pfefferminz.

Normalerweise sind mir die zu stark, aber ich erinnere mich, in einer Frauenzeitschrift über die explosive Wirkung von eben diesen Pfefferminzbonbons in einer ganz bestimmten Anwendung gelesen zu haben, und vorsichtig strecke ich die eine Hand nach der Schachtel aus, öffne sie unbemerkt und schiebe mir ein Pfefferminzbonbon in den Mund.

Sekunden später geht ein Ruck durch seinen Körper, als

habe er einen elektrischen Schlag bekommen. Ich grinse vor Freude. Es funktioniert. Gott segne alle Frauenzeitschriften. Er bäumt sich auf, ich höre ihn schwer atmen, er zieht mich auf seinen Schoß, und von da an hilft uns bestimmt nicht mehr allein das Pfefferminzbonbon, sondern unsere Erschöpfung, die Dunkelheit, die absurde Situation, die Angst, vom Bauern erwischt zu werden, der noch einmal sein Maisfeld nach Verschollenen absucht.

Es ist wie Teenager-Sex im Autokino, schnell und verhaspelt, schrecklich unbequem und für mich zumindest nicht besonders befriedigend, aber wir lösen uns beide in diesen kurzen Augenblicken von unserer Geschichte, wie aus einem starren Ölbild treten wir hinaus ins Freie, bewegen uns schüchtern durchs grüne Gras, nackt und überrascht, wie Adam und Eva auf Kurzurlaub. Es geht also doch.

Er bedeckt mein Gesicht mit kleinen Küssen. Das plötzliche Glück, das den Verlust in sich trägt wie ein Pfirsich seinen Kern, bringt mich um den Verstand.

Na, na, na, sagt Thomas, nicht weinen. Bitte.

Er macht mir den BH wieder zu, zieht den Reißverschluß nach oben. Ordentlich setzen wir uns nebeneinander, er nimmt meine Hand. Lange schweigen wir und sehen durch die Windschutzscheibe auf das dunkel wogende Maisfeld wie aufs Meer, dann gluckst er mit einem Mal und sagt: Ich habe keine Ahnung, warum mir das jetzt gerade einfällt, aber als Kind, ich muß so sechs oder sieben Jahre alt gewesen sein, hatte ich einen reichen Freund. Er wohnte in einer großen, hellen Wohnung mit so vielen Zimmern, daß ich mich jedesmal darin verirrte. Seine Mutter war eine

Göttin, eine sehr schöne Frau mit beeindruckend langen, blonden Haaren, die sie offen trug. Ich träumte davon, ihre Haare zu berühren. Sie ließ uns nachmittags oft allein, aber es gab viele Regeln, was wir alles nicht durften, und ganz streng war verboten, das Schlafzimmer zu betreten. Ich konnte das Ehebett manchmal durch die halboffene Tür sehen, den hellgrauen Teppichboden, ihren Schminktisch. Weil es uns so streng verboten war, ins Schlafzimmer zu gehen, wurde der Wunsch, das Verbot zu übertreten, natürlich immer größer.

Eines Nachmittags war es dann soweit. Ich weiß nicht, wo mein Freund war, ich stieß auf jeden Fall die Tür auf und ging hinein. Das Zimmer roch nach ihrem Parfüm. Das Ehebett war mit einer glatten, grünen Seidendecke bezogen und wirkte sehr geheimnisvoll. Ich versuchte mir sie in diesem Bett vorzustellen, im Nachthemd und unter dem Nachthemd nackt.

Ich ging um das Bett herum und berührte es. Meine Füße versanken lautlos im Teppichboden. Ich nahm ihre Bürste in die Hand und sah darin lange, goldene Haare und mich selbst im Spiegel, einen kleinen, dummen Jungen in einem gestreiften Pulli mit einem lächerlichen Haarschnitt. Ich haßte mich für meine Unwissenheit und Unschuld. Ich sehe mich noch dastehen, die Bürste in der Hand, da hörte ich sie unsere Namen rufen. Sie war unverhofft nach Hause zurückgekommen. Ich rannte aus dem Schlafzimmer zurück zu meinem Freund. Es dauerte nicht lange, da rief sie: Wer war in meinem Schlafzimmer? Riesengroß stand sie vor uns, ich sah, wie ihr blondes Haar vor Wut zitterte.

Wir nicht, sagten wir beide wie aus einem Mund.

Ihr lügt, schrie sie.

Tun wir nicht, heulten wir.

Sie zerrte uns an den Armen zur Schlafzimmertür und wies hinein. Ganz deutlich sah man meine Fußabdrücke im Teppichboden. Jeden Schritt, den ich getan hatte. Zum Bett, um das Bett herum, zu ihrem Schminktisch und wieder hinaus.

Thomas lacht. Ich habe dreißig Jahre nicht mehr daran gedacht. Und plötzlich fällt es mir wieder ein.

Ich küsse seine Hand. Das war das erste Mal, daß du mir etwas von dir erzählt hast, sage ich.

Er seufzt. Geschichten, sagt er. Es war nur eine Geschichte.

Aber das warst du, widerspreche ich. Ich habe dich ganz deutlich erkannt.

Das ist ein verbreiteter Irrtum, sagt er und entzieht mir seine Hand. Wir sind nicht mehr die, die wir mal waren. Die Vergangenheit ist vorbei. Nur noch Erinnerung.

Aber wir sind doch Teil unserer Vergangenheit, meinst du nicht?

Nein, sagt er heftig, das sind wir nicht. Die Erinnerung an unsere Vergangenheit ist unsere Erfindung. Indem wir uns erinnern, schaffen wir erst die Bilder, die sich in unserem Gehirn einlagern. Wir erfinden unsere Erinnerung, verstehst du? Alle Erinnerungen sind immer Erinnerungen an Erinnerungen. Und je öfter wir uns erinnern, um so klarer werden die Bilder der Erinnerungen, und irgendwann glauben wir selbst dran.

Ach Fritz, sage ich enttäuscht. Warum willst du denn keine Erinnerungen haben?

Weil sie irreal sind, sagt er nach einer kleinen Pause. Deshalb. Weil sie ein Bild von uns zementieren, das Erfindung ist. Die objektive Vergangenheit gibt es nicht, nur den Effekt unserer erfundenen Vergangenheit auf uns.

Aber ich liebe diesen kleinen Jungen im Schlafzimmer.

Eben, sagt er. Es gibt ihn nicht mehr, aber du hast jetzt beschlossen, daß du ihn liebst, und wirst keine Ruhe geben, bis du ihn in mir wiederentdeckst.

Du bist schrecklich, sage ich und öffne das Fenster.

Die Luft hat sich abgekühlt. Ich bekomme eine Gänsehaut.

Ich weiß, sagt er und läßt den Motor an. Ich habe Nachtdienst.

Davon hast du gar nichts gesagt.

Vergessen.

Lautlos rollen wir vom Parkplatz, vorbei an den im Wind schwankenden Maispflanzen. Plötzlich, ohne Vorwarnung, wird mir heiß und kalt. Habe ich Thomas Fritz genannt? Habe ich vorhin aus Versehen Fritz zu ihm gesagt? Oder nur gedacht? Hat er sich deshalb wieder zurückgezogen wie eine Schnecke in ihr Schneckenhaus, fahren wir deshalb jetzt zurück in die Stadt? Wenn ich es zu ihm gesagt habe, wann genau? Und ob er es überhaupt gehört hat?

Wenn mir Fritz' Name wirklich entschlüpft sein sollte, dann nur, weil ich vorhin unverhofft und unerklärlich glücklich gewesen bin. Weil ich mich an mich selbst erinnert habe, wie ich mal war, leicht und unbeschwert und ein bißchen naiv. Niemals könnte ich ihm das erklären.

Stumm fahren wir zurück, er setzt mich vor meiner Wohnung ab, ich küsse ihn auf einen verschlossenen, trockenen Mund, wir verabreden uns nicht für die kommende Woche.

Florian kommt mir im Flur entgegen.

O je, sagt er, als er mich sieht. Dann schenke ich schon mal 'n Chivas ein.

Lieber Thomas,

es tut mir leid, daß ich dir jetzt schreiben muß. Ich zermartere mir das Hirn, was ich falsch gemacht habe. Seit über drei Monaten gehen wir nun schon miteinander um, als wären wir zwei rohe Eier, die jederzeit zerbrechen könnten. Oder vielmehr du. Einmal nur habe ich es gewagt, an deiner Schale zu pikken, und zur Strafe hältst du mich auf Armeslänge von dir fort.

Ich schreibe dir, weil ich spontan beschlossen habe, am Montag mit Florian nach Mexiko zu fahren, zum Tag der Toten. Der zweite November ist der Todestag seines Freundes Alfred, und Florian und ich haben vor zwei Tagen einen Fernsehbericht gesehen über Oaxaca, wo die Toten an Allerheiligen gefeiert werden und man riesige Parties für sie auf dem Friedhof gibt. Das kam uns beiden so tröstlich vor, daß wir gleich am nächsten Morgen ins Reisebüro gesaust sind und zwei Tickets nach Mexiko gekauft haben. Ich hätte das gern vorher mit dir besprochen, aber ich kann dich ja nicht einfach im Krankenhaus anrufen oder einfach so bei dir vorbeikommen. Du hast unseren Kontakt reglementiert wie Besuchszeiten. Außerdem weiß ich nicht, was du zu meinem Plan gesagt hättest, du findest ihn wahrscheinlich völlig bescheuert, du magst es nicht, wenn man über den Tod redet, und auf einem Friedhof willst du bestimmt auch nicht tanzen.

Ich fürchte mich vor dem Tod, seit ich denken kann.

Ich kann mich genau erinnern, wie ich mit ungefähr vier Jahren eines Morgens aufgewacht bin mit der seltsamen Klarheit, in die einen der Zustand zwischen Wachen und Schlafen manchmal versetzt, und begriffen habe, daß alle Menschen sterben müssen. Meine Großeltern, meine Eltern, meine Schwestern, meine Kindergärtnerin, meine Spielgefährten, die Menschen, die ich auf der Straße sah, alle. Sie verschwanden nach und nach vor meinen Augen, und immer leerer wurde die Erde, bis ich ganz allein zurückblieb, so ein bißchen wie der kleine Prinz auf dem Mond. Ganz allein stand ich da, und um mich herum gab es niemanden mehr. Das war furchtbarer als alles, was ich mir bisher hatte vorstellen können. Ich fing bitterlich an zu weinen, da fiel mir zum Glück ein, daß ich ja dahin gehen könnte, wohin alle anderen gegangen waren: Ich bräuchte nur zu sterben. Also versuchte ich, mir meinen eigenen Tod vorzustellen, aber das gelang mir nicht. Der Übergang von lebendig zu tot blieb unüberwindlich. Ich konnte nicht zu den anderen, und ich konnte deshalb auch nicht herausfinden, wo sie waren. Das machte mich ganz verrückt. Und tut es noch.

Ich habe keine Ahnung, was der Tod ist, obwohl ich ihn inzwischen ja erlebt habe. Ich habe den Übergang von lebendig zu tot ganz genau gesehen und weiß dennoch nicht, was es ist. Er kam mir so unwirklich vor. So banal und deshalb so furchtbar. Alles zerbricht, alles zerbricht. Darüber komme ich nicht hinweg, und es tröstet mich auch nicht, daß Energie nach Einstein nicht verlorengehen kann und man daraus ableiten könnte, daß wir uns mit unserem Tod vielleicht nur in einen anderen Zustand verwandeln wie Wasser, das ein Eiswürfel im Cocktailglas sein kann, eine Meereswelle, Tränen, Evian oder ein Geysir.

Vielleicht wissen die Mexikaner mehr darüber.

Ich werde dir jeden Tag schreiben.

Ich küsse dich.

Babette.

Der Flug, der als Air-France-Flug ausgeschrieben ist, erweist sich als Mexicana-Flug, was Babette zutiefst erschreckt, denn sie ist der festen Überzeugung, daß die Europäer sicherer fliegen als ausgerechnet die Mexikaner. Vielleicht sollte sie gar nicht einsteigen. Vielleicht ist diese Reise eine Reise in den Tod.

Sie versucht, ihre Angst genau zu überprüfen und sich zu fragen, ob sie ein Wink des Schicksals ist oder Hysterie. Was ist dran an all diesen Geschichten von Leuten, die eine seltsame Ahnung hatten, zu Hause geblieben sind und deshalb überlebt haben? Hatte sie nicht damals vor Bali auch so ein Gefühl? Nein, muß sie sich ehrlich sagen, hatte sie nicht. Nicht im geringsten. Wenn sie es damals nicht hatte und das Unvorstellbare passiert ist, sie es aber jetzt hat, dann müßte es doch bedeuten, daß jetzt nichts geschehen wird.

Aber die Gesetze der Logik gelten doch nicht für das Schicksal. Soll sie vielleicht doch im letzten Augenblick hierbleiben? Nicht einsteigen? Sie muß es Florian erklären. Man wird ihren Koffer wieder ausladen müssen, etwa zweihundertfünfzig Passagiere werden sie wegen der Verzögerung hassen, es wird peinlich sein, und sie wird ihre irrationalen Ängste ungeduldigen Stewardessen erklären müssen, vielleicht sogar noch auf französisch.

Nein, das kann sie nicht. Diese Vorstellung gibt ihr den Rest, und so besteigt sie mit Florian eine alte, klapprige DC 10 und muß auch noch zu ihrem Schrecken feststellen, daß dieser Flug so ziemlich der allerletzte Raucherflug der Welt ist. Sie hatten doch noch extra nachgefragt!

Es gibt überhaupt keine transkontinentalen Raucherflüge mehr, wurde ihnen von einer indignierten Air-France-Dame gesagt. Schon seit Jahren nicht mehr!

Aber an die Mexikaner hat dabei niemand gedacht. Die rauchen immer noch. Zwar nicht im ganzen Flugzeug, aber auf den hintersten zwei Sitzreihen. Genau dort, wo Florian und Babette sitzen. Neben ihnen ist ein freier Platz, sie frohlocken bereits über einen Hauch mehr Beinfreiheit, aber kaum ist das Flugzeug gestartet und die Anschnallzeichen sind erloschen, erweist sich dieser freie Platz als frei verfügbarer Raucherplatz für *alle* Raucher im Flugzeug.

Zu Babettes maßloser Empörung kommen auch die Passagiere aus der Businessclass, um auf diesem Platz neben ihnen gemütlich eine zu paffen, allen voran eine elegante ältere Dame im rosa Chanelkostüm, die sich als Kettenraucherin herausstellt. Zwölf Stunden bis nach Mexiko.

Babette und Florian proben den Aufstand. Drohen der

Dame mit Handgreiflichkeiten, verbrüdern sich mit anderen Passagieren, geben eine Petition an den Purser weiter. Am Ende meldet sich der Kapitän über Lautsprecher und verfügt streng, jeder, der wolle, habe das Recht, auf diesem Flug zu rauchen.

Verzweifelt rollen Babette und Florian sich auf ihren Sitzen zusammen wie Nürnberger Rostbratschnecken, die Lungen voller Rauch, und versuchen zu schlafen.

Babette starrt durch das kleine Flugzeugfenster auf den schwarzen Himmel, der sich endlos ausbreitet und in dem sich ihr Leben auflöst wie ein Tropfen im Meer. Im Halbschlaf ist sie sich nicht sicher, ob sie überhaupt noch am Leben ist, so hoch oben in der Luft in diesem Schiff aus Eisen, in dem vielleicht alle Toten über den Lebenden dort unten schweben. Da vorne sitzen ihre Großeltern, ihre Tante Frieda, der Nachbar aus der Olgastraße, der an einem Asthmaanfall gestorben ist, und ist das da drüben nicht Kurt Cobain?

Fritz sitzt neben ihr, und zwei Reihen hinter ihr entdeckt sie den Meckihaarschnitt von Herrn Shun, tot wie Fritz und sie selbst.

Es ist nicht unangenehm, hier oben zu verharren. Sie sehen jede Menge Filme und bekommen regelmäßig zu essen. Über Venenerkrankungen und Emboliegefahr durch das ewige Sitzen brauchen sie sich keine Gedanken mehr zu machen, alles ist mit einem Mal so einfach, wenn man tot ist, denkt sie in ihrem eigenen Traum.

Mit Bedauern wacht sie auf. Das Frühstück auf dem Plastiktablett steht bereits vor ihr. Draußen ist es hell, das große, schwarze Loch ist nicht mehr wahr. Ein heißer

Waschlappen wird ihr gereicht, den sie sich ins Gesicht klatscht, weiterleben! Sie reckt ihre steifen Glieder. Neben ihr steckt sich die Dame im Chanelkostüm die nächste Zigarette an.

Sie fliegen über das endlose Häusermeer von Mexiko City, nirgendwo ein Flughafen in Sicht. Das Flugzeug bohrt seine Nase zwischen die Häuser, als würde es den Flughafen suchen wie ein Vogel sein Nest. Unvermittelt taucht er mitten unter den Häusern auf. Aber wie soll man hier landen? Das Ganze ist ein Versehen, ein tödlicher Fehler.

Beunruhigt greift Babette nach Florians Hand, kalt und schweißnaß wie ihre eigene.

Sie fallen aus dem Flugzeug wie steife Käfer, finden ihr Gepäck nicht, rennen durch den Flughafen, Babette hustet, als habe sie selbst die ganze Nacht geraucht, Florian zerrt sie weiter, und dennoch verpassen sie ihren Weiterflug nach Oaxaca. Der nächste Flug geht erst am nächsten Morgen. Ein Flughafenhotel wird ihnen genannt. Ein Shuttlebus holt sie auch tatsächlich ab, um sie dorthin zu bringen.

Sie sind allein im Bus. Der Fahrer spricht kein Wort und biegt flugs vom hellerleuchteten Flughafen ab in düstere Seitenstraßen, die so bedrohlich wirken, daß beide angesichts ihrer eigenen Naivität laut aufseufzen.

Klassisch. Völlig übermüdet hat bei ihnen die geringste Vorsicht ausgesetzt. Blind sind sie dem erstbesten mexikanischen Gangster in die Hände gefallen, er kann sie hier, nur wenige Meter vom internationalen Flughafen entfernt, elegant entsorgen, ihre Pässe und ihr Geld in Ruhe an sich nehmen. Zwei tote dämliche Deutsche, die auszogen, den Tag der Toten zu besuchen.

Ich hab noch nicht mal mein Taschenmesser dabei, flüstert Florian. Er sieht grün aus im schwachen Innenlicht des Busses. Babette lehnt ihr Gesicht an die kühle Scheibe, sie ist zu müde, um wirklich Angst zu bekommen. Nun gut, wenn das ihr lächerliches Ende sein soll, bitte schön.

Angstvoll greift Florian jetzt nach ihrer Hand wie ein Kind nach der Hand seiner Mutter. Schschscht, sagt Babette, schschscht. Sie beginnt zu summen, Fetzen eines Popsongs, den sie bei der Landung gehört haben, wie zur allgemeinen Beruhigung wurde diese Musik in ihre Ohren gepfiffen.

Jetzt summt sie genau diese Musik, um Florian zu beruhigen, *life is a flower, so precious in your hands,* weiter weiß sie den Text nicht mehr.

Ja, super, sagt Florian bitter.

Nach endlos erscheinenden Minuten durch ein dunkles Labyrinth von heruntergekommenen Straßen biegen sie unvermutet ab in eine hellerleuchtete Hauptstraße, und vor ihnen liegt wie eine Fata Morgana ein neonglitzerndes Hotel.

Sie stolpern in das Restaurant, bestellen zwei Coronas, Tortillas, schwarze Bohnen und dünnes auf dem Grill gebratenes Fleisch mit Salsa. Sie essen begeistert, obwohl sie doch schon dreimal im Flugzeug gegessen haben, aber die Angst in ihren Bäuchen verlangt nach Nahrung.

Hurra, sagt Thomas, wir leben noch. *¡Salud!*

Dankbar sinken sie in zwei saubere Betten, niemand raucht, himmlisch.

Am nächsten Morgen bestiegen wir einen winzigen Hüpfer, den ein ebenfalls winziger Pilot mit riesigem Schnauzer flog, ganz tief und schrecklich holprig über dramatisch wechselnde Landschaft. Wie ich diese Flüge hasse! Der Pilot flog, glaube ich, ›sportlich‹, so wie manche Leute Auto fahren. Die Stewardess schenkte uns Wassergläser mit Tequila ein, und als wir landeten, waren wir beide sturzbetrunken. Ich konnte gerade noch wahrnehmen, daß Oaxaca in einem grünen Tal liegt zwischen hohen, gelb verbrannten Bergen, daß der Himmel blau und die Luft warm war. Wir waren selig, selbst unser Gepäck war wie durch ein Wunder angekommen, wir konnten es hinter einer Glastür liegen sehen, aber nicht bekommen, weil der Schlüssel lange, lange nicht gefunden wurde – aber wir waren so betrunken, daß wir geduldig abwarteten, und als wir dann endlich mit unseren Taschen in der Hand in unserer kleinen Pension Casa Maria eintrafen und die Zimmer bis auf ein paar riesige Spinnen sauber und nett waren, waren wir ganz zufrieden.

Abends auf dem Zócalo, dem Marktplatz der Stadt, befiel mich die Glückseligkeit des deutschen Touristen: Hier findet das wahre Leben statt, draußen auf der Straße in einer warmen, weichen Nacht, nicht eingesperrt in vier Wände in einem eiskalten Land, wo selbst die Hunde beim Pinkeln vor Kälte zittern. Musik, Menschen und Blumen: Eine Marimbaband spielte unter Bäumen in der Mitte des Platzes. Blumenfrauen verkauften frische Gardenien. Kleine Jungens putzten dicken Männern in Anzügen mit Hingabe die Schuhe, bis sie im Dunkeln glänzten. Straßenkinder verkauften kleine Püppchen, Kaugummi und geschnitzte Brieföffner. Schulmädchen in Schuluniform – grüne Faltenröcken und weiße Hemden – gluckten zusammen und kicherten wie überall auf der Welt, Luftballons, rosa Zuckerwatte und Seifenblasen wurden verkauft. Ein blinder, alter Mann spielte auf einer Gitarre die schönste Musik der Welt. Er sang von Sehnsucht und gebrochenen Herzen, so viel verstand ich.

Ich vermisse dich, und das ist nicht die Erinnerung an dich, die du ja sowieso nur für Fiktion hältst. Ich meine wirklich dich. Wer soll das sein? fragst du.

Das weiß ich auch nicht so genau, aber was ich von dir weiß, reicht aus, um dich zu vermissen.

Ich vermisse ihn, sagt Babette.

Wen? fragt Florian.

Denk nach, Trottel.

Ich weiß nicht, wen du meinst.

Ich auch nicht, sagt sie. Ich weiß es auch nicht so genau. Beide abwechselnd und manchmal auch gleichzeitig.

Florian sieht sie mitleidig an. Er wirkt so jung. Die Hitze läßt einen feuchten Film auf seiner Haut zurück, kleine Schweißperlen haben sich auf seiner Oberlippe gesammelt, seine braunen Haare stehen wirr vom Kopf ab. Nur Babette weiß, daß er sie minutenlang kunstvoll mit Haargel frisiert, bis sie so völlig unfrisiert wirken. Seine braunen Augen sind immer leicht schläfrig, was sexy wirkt, ebenso wie seine kleine Zahnlücke zwischen den Schneidezähnen. Babette hat das untrügliche Gefühl, daß sie ihn auf dieser Reise an jemanden verlieren wird. Es wird auch Zeit, denkt sie, fast zwei Jahre danach. Sie beugt sich vor und strubbelt ihm durch die Haare.

Bäh, macht sie und wischt das klebrige Haargel an der Tischdecke ab.

Er grinst. Selbst schuld, sagt er.

Er kauft einem barfüßigen Mädchen zwei kleine Sträußchen Gardenien ab, eins für sich selbst, eins für Babette. Ein betäubender Duft geht von den weißen Blüten aus. Schockartig wird Babette an die Frangipaniblüten auf Bali erinnert. Erschrocken gibt sie Florian den Strauß zurück. Nimm, sagt sie, bitte. Sie springt auf und geht ein paar Schritte über den Platz, setzt sich auf eine Bank im Dunkeln. Panisch, als habe sie Asthma, atmet sie ein und aus, bis die Bilder der Erinnerung sich in der warmen Luft auflösen wie Wolken, die ihre Gestalt verändern. Wann, fragt sie sich verzweifelt, verwandeln sich endlich die Erinnerungen in schöne Erinnerungen? Wie oft muß sie sich noch erinnern, bis das geschieht?

Florian setzt sich leise neben sie, wartet ab, sagt nichts. Dann stehen sie, ohne sich verabredet zu haben, gleichzeitig auf und gehen weiter zu einer Menschenansammlung in der Mitte des Platzes.

Auf einer Riesenleinwand wird ein Film über Planeten gezeigt, andächtig sitzt das Publikum auf Klappstühlen davor, hoch über ihren Köpfen ziehen Mars, Uranus und Venus ihre Bahnen, während gleich nebenan Menschen in die Kirche drängen, wo gerade die Messe gelesen wird.

Babette folgt ihnen, steht im Seitenschiff neben alten verhutzelten Männern und Frauen, die Kerzen in einer abgeschnittenen Konservendose in den Händen halten.

Eres como una flor, eres la vida, sagt der Priester.

Du bist wie eine Blume, du bist das Leben, murmelt Babette.

Sie war seit Jahren nicht mehr in einer Kirche. Um diese beiden Sätze nicht wieder zu verlieren, geht sie schnell hinaus. *Una flor. La vida.*

Sie findet Florian in einer Schlange, die sich vor dem Teleskop eines Astronomen aufgestellt hat.

Du bist wie eine Blume, du bist das Leben, sagt sie zu ihm.

Ich denke, das Leben ist wie eine Blume, sagt er und grinst.

Das ist die mexikanische Version, sagt sie und singt: *Eres como una flor, eres la vida.*

Die Menschen in der Schlange lachen ihr zu. Babette wundert sich, daß sie so fröhlich ist. Als sie endlich an der Reihe sind, zuckt der Astronom betrübt mit den Schultern, nichts geht mehr, der Stern ist hinter die großen Bäume gezogen, kein Stern für Florian und Babette. Zum Trost schenkt er ihnen ein Bonbon.

Selig wandern sie durch die kleinen Straßen zurück zur Casa Maria.

Laß uns hier langgehen, sagt Florian und biegt in eine schmale, kohlrabenschwarze Gasse ab, ganz kurz zögert Babette.

Aber da ist Florian schon ein paar Schritte voraus, was soll schon sein? Das Leben hier ist beschaulich und wunderbar. Ein junger Mann in einem weißen T-Shirt kommt ihnen entgegen, und als er sich bückt und lange an seinen Turnschuhen herumfummelt, flackert noch einmal ein winziges Zögern in Babette auf, aber wieder beachtet sie es nicht.

Der Mann geht dicht an Florian vorbei, er kommt direkt auf Babette zu, die ihm ausweichen will, da ist er schon vor ihr und versperrt ihr den Weg. Eine Hand fährt blitzschnell zwischen ihre Beine, die andere greift nach ihrer Brust, gellend schreit sie auf, als stecke ein Messer in ihrem Rücken. Sie wartet auf den Schmerz, der gleich einsetzen wird. Sie weiß, daß bei Stichverletzungen der Schmerz auf sich warten läßt.

Florian fährt herum, der Mann läuft davon, sein weißes T-Shirt leuchtet in der Dunkelheit.

Bist du verletzt? schreit Florian und packt sie.

Sie denkt nach. Nein, stottert sie, ich glaube nicht.

Was hat er gemacht? Was hat er mit dir gemacht?

Babette zittert am ganzen Leib.

Deine Tasche? Wo ist deine Tasche?

Warum brüllt Florian so? Hier ist sie, hier ist doch meine Tasche, sagt Babette leise, als müsse sie Florian beruhigen.

Stumm eilen sie zurück in die Pension, die sich hinter einer massiven Holztür verbirgt, zwei Schlösser muß man aufschließen, um hineinzugelangen.

Florian schaltet im Fernsehen zur Beruhigung den Kinderkanal ein. Eng nebeneinander sitzen sie auf dem Bett und sehen sich an, wie Tom und Jerry hintereinander herjagen, Tom in der Luft explodiert, zerstückelt, zerhackt und zersägt wird.

Eigentlich haben sie zwei Einzelzimmer, aber in dieser Nacht quetschen sie sich zusammen in Babettes schmales

Bett. Babette spürt in ihrem Rücken, wie sich Florians Brustkorb hebt und senkt, sie sieht all seine wild herumschwirrenden Gefühle wie Sandkörner in einem aufgewühlten Glas Wasser, die mit jedem ruhiger werdenden Atemzug langsam auf den Boden sinken und das Wasser klar und rein werden lassen.

Irgendwann schläft auch sie ein. Sie träumt von einem großen Baum mit glatten, grünen Blättern wie aus Plastik, und als sie ihn schüttelt, fallen jede Menge Tiere vom Baum: ein Löwe, ein Leopard, ein Panther, ein Tiger, alles wilde Tiere, die, als sie herabgefallen sind wie reifes Obst, langsam und brav in ihren Käfig trotten.

Lieber Thomas,

heute ist erst unser zweiter Tag hier, aber schon gibt es Gewohnheiten. Seltsam, daß man immer so gerne möchte, daß alles nach einem Muster abläuft, aber vielleicht fühlen wir uns nur wohl, wenn wir etwas wiedererkennen können: Ab sechs Uhr in der Früh, wenn es gerade hell wird, kreischt also immer der Papagei im Garten unserer Pension den Namen unserer Wirtin: Maria! Maria! Maria! Und in ganz genau der gleichen Stimmlage ruft uns Maria dann energisch zum Frühstück: Señora Babette! Señor Florian!

(Ich weiß, daß du eifersüchtig bist auf Florian, auch wenn du es nie zugibst. Wir haben getrennte Zimmer, das nur zu deiner Information, wenn es dich überhaupt noch interessiert. Ich würde so gern wieder gut machen, was ich bei dir angerichtet habe, aber dazu müßte ich wissen, was ich getan habe! Ich muß auf

ein Gebiet vorgedrungen sein, das absolutes Sperrgebiet ist – aber woher sollte ich das wissen?)

Zum Frühstück gibt es Tortillas und schwarze Bohnen, und für Touristen mit empfindlicher Verdauung ein paar Scheiben Weißbrot.

Maria ist eine winzige, dicke Frau Mitte fünfzig mit einem Hüftleiden, die es geschafft hat, ganz allein dieses kleine Hotel zu bauen. Sie träumt davon, einmal im Leben Touristin zu sein. Turista *– das klingt tatsächlich wie ein Beruf. Sie hat ein hartes Leben hinter sich, ihre Eltern sind bei einem Autounfall umgekommen, als sie noch ganz klein war. Als sie mir davon erzählt, fängt sie an zu weinen. Nach so langer Zeit! Da hast du es wieder: die Erinnerung.*

Ich habe das Gefühl, wir erinnern uns zu wenig und nicht zu viel! Ich beginne zu verstehen, daß tiefe Trauer die Voraussetzung für großes Glück sein kann, aber wie kann ich dir das erklären? Im Auto, damals im Maislabyrinth, habe ich geheult, weil ich plötzlich so glücklich war und gleichzeitig wußte, daß dieser Augenblick nie wiederkehrt, daß, schlimmer noch, die Voraussetzung für dieses unverhoffte Glück seine Vergänglichkeit war. Die Liebe macht Verlust nicht erträglich – nichts macht Verlust erträglich –, sondern wunderbar. Unerträglich schön.

Dein Lächeln im Maisfeld werde ich niemals wieder sehen, nicht dieses Lächeln, sondern vielleicht, habe ich damals gehofft, ein anderes; aber so, wie ich dich da gefunden hatte, hatte ich dich auch schon wieder verloren.

Aber ich will dich immer wieder verlieren, verstehst du? Das ist die Qual und die Schönheit auf einem Haufen. Ich habe dich, glaube ich, aus Versehen Fritz genannt, aber nicht, weil ich dich verwechselt hätte, sondern weil mein Augenblick der Freude mit dir auf Traurigkeit beruht, und diese Traurigkeit hat für immer einen Namen, und der heißt Fritz.

Ein türkisblauer Himmel hängt über der Stadt wie ein Seidentuch und bringt die Farben zum Glühen. Vor einem kobaltblauen Haus steht eine Frau in einem lila Kleid. Es ist heiß, die Schatten sind rabenschwarz. Von einem Balkon grüßt ein lebensgroßes Skelett in Kleid und Hut mit Schleier.

O Gott, sagt Florian entsetzt, ich weiß nicht, ob ich das aushalte.

Na klar, lacht Babette unsicher, deshalb sind wir doch hier.

Überall werden kleine Skelette aus Gips und Pappmaché verkauft, für jeden gibt es das Passende: Männer und Frauen in Anzügen und mit Handy, Frauen am Bügelbrett, am Strand im Bikini, Sekretärinnen am Computer, ganze Familien im Auto, Mopedfahrer, Liebespaare, Krankenschwestern, Ärzte, Frauen mit Babies auf dem Arm, die Babies ebenfalls als Skelett.

Schau doch mal, wie hübsch das Kleid ist, sagt Babette.

Sie hält ein Skelett in einem Brautkleid aus weißer Spitze in die Höhe. Florian starrt es an, er wird so blaß, daß er fast schwarzweiß aussieht in seinem schwarzen T-Shirt, als habe man ihm die Farbe abgedreht. Unvermittelt rennt er hinaus.

Babette sieht ihm verdutzt nach, die Braut in der Hand. Sie hört das Schlappen seiner Adidas-Badelatschen noch, als er längst um die Ecke verschwunden ist.

Allein geht sie durch die heißen kopfsteingepflasterten Straßen. Wie eine Ankleidepuppe aus Europa fühlt sie sich mit ihrer weißen Haut und blassen Kleidern, die in ein buntes Bild geklebt worden ist. Sie paßt nicht hierher, sie verträgt das Knallige, Grelle, Harte nicht, die Allgegenwart des Todes. Das ist makaber, furchtbar, widerwärtig.

Erschöpft gönnt sie sich im Camino Real, einem teuren und schönen Hotel, einen Kaffee, aber auch hier gibt es keine Zuflucht. Im Foyer werden Touren zu den einzelnen Friedhöfen angeboten, inklusive Friedhofspaket, bestehend aus Blumen, Weihrauch, Mescal und einem kleinen *pan de muerte,* dem Brot des Todes, das geformt ist wie ein Mensch mit kleinen Teigarmen und Teigbeinen und einem dicken Teigbauch.

Pan de muerte, murmelt Babette entsetzt.

Von einem deutschen Reiseveranstalter sind die TAGE DER TOTEN wie Ausflugsziele am Schwarzen Brett angeschlagen: *1. Tag, 30. Oktober: Seelen der Ertrunkenen und Ermordeten, 2. Tag: 1. November: Seelen der Kinder, 3. Tag: 2. November: Seelen der Erwachsenen.*

Am zweiten November also müßten Fritz und Alfred zurückkommen. Aber wohin? Ins Hotel? In die Casa Maria, um mit Babette und Florian auf dem Bett zu sitzen und fernzusehen? Aber die Toten kommen nur zu denen, die an ihre Rückkehr glauben, denkt Babette deprimiert. Sie will nach Hause.

Um sie herum sitzen fast nur übergewichtige Amerikanerinnen in Schlabberkleidern, wahrscheinlich verwitwet, ein paar Jahre älter als Babette, eifrig studieren sie die Friedhofspläne, machen sich Notizen, sortieren Kameras, Wasserflaschen und Sonnencreme in ihren Umhängetaschen.

Ich bin wie sie, denkt Babette verzweifelt, ich möchte getröstet werden für etwas, für das es keinen Trost gibt.

Sie schreibt an Thomas aus einem Internetcafe in einer Wellblechbude am Zócalo.

Warum schreibst du mir nicht?Ich komme mir vor, als riefe ich in einen schalldichten Raum hinein. Wie ein Idiot warte ich auf ein Echo. Dies ist mein letzter Brief. Ich habe keine Lust mehr.

An dieser Stelle kommt sie mit der Software des Computers nicht weiter, und sie muß ihre Nachbarin um Hilfe bitten, ein junges, komplett tätowiertes Mädchen aus Deutschland mit schneeweißer Haut. Auf ihren Waden trägt sie Kirschen, auf dem Oberarm ein ganzes Skelett, eine riesige Knochenhand ragt über ihre Schulter auf ihren Rücken. Babette betrachtet sie wie ein Bilderbuch.

Woher hatten Sie denn bloß die Idee mit den Kirschen? fragt sie neugierig.

Stolz dreht das Mädchen sich zu ihr um. Die Farben kommen bei mir besonders gut raus, sagt sie, ohne Babettes Frage zu beantworten, das liegt an meiner weißen Haut.

Ach so, sagt Babette und fühlt sich alt und dumm.

Huch, sagt das Mädchen. Jetzt habe ich aus Versehen Ihre Mail gelöscht. Ist das schlimm?

Nein, sagt Babette. Wahrscheinlich im Gegenteil. Es war ein Abschiedsbrief.

Man sollte Abschiedsbriefe immer erst am nächsten Tag abschicken, sagt das Mädchen altklug. Manchmal ändert sich alles über Nacht.

Okay, sagt Babette.

Ja, sagt das Mädchen und kratzt sich an einer Kirsche auf ihrer Wade. Ich wollte mal Selbstmord begehen und hatte alles vorbereitet, den Abschiedsbrief an meine Eltern und an meinen Freund schon geschrieben, ich bin nur noch mal aufs Klo gegangen, da bin ich auf der Treppe ausgerutscht und hab mir den Knöchel gebrochen.

Wie wollten Sie sich denn umbringen? fragt Babette interessiert.

Luft in die Vene spritzen, sagt das Mädchen lässig und wendet sich wieder ihrem Computer zu. Entschuldigung, fügt sie hinzu, aber die Minute kostet hier einen Euro, und ich schreib gerade einen Liebesbrief.

Oh, Entschuldigung, sagt Babette schnell. Sie hätte gern nachgefragt: Luft in die Vene? Und das funktioniert? Tut es weh? Wie lange dauert es?

Ich schreibe dir, obwohl du mir nicht antwortest. Ich hoffe auf ein Echo, aber wenn es nicht kommt, kann ich es nicht ändern. Vielleicht schreibe ich dir auch nur, um mich zu erinnern, denn sonst versinken all die vielen Eindrücke wie Kiesel im Meer.

Der Markt von Tlacolula. Ganz in der Früh schon stehen wir in einer langen Schlange um ein collectivo, *ein Sammeltaxi an, stoisch und unbewegt warten die Mexikaner, während ich ungeduldig auf und ab trippele und mich über die lange Warterei aufrege. Woher nehme ich die Vorstellung, daß nur aktiv verbrachte Zeit sinnvolle Lebenszeit ist? Je länger ich warte, um so mehr fällt mir meine verrückte Ungeduld auf. Neben mir stehen unbewegt winzige Frauen mit langen schwarzen Zöpfen, in die glänzende Bänder geflochten sind wie bei Turnierpferden, sie tragen das mexikanische Dirndl, eine Bluse mit Puffärmeln zum weiten Rock und darüber eine buntgemusterte Schürze. Auf der anderen Seite ist mein Nachbar ein uralter Mann mit Cowboyhut, seine Haut tief zerfurcht, seine letzten zwei Zähne in Silber gefaßt, barfuß. Freundlich und ein wenig staunend lächelt er mir zu. Ich muß diesen Menschen sehr seltsam vorkommen. Was hampelt diese Gringa-Frau so herum? Warum sieht sie alle zwei Minuten die Straße entlang, ob nicht endlich ein Taxi kommt, wieso schnattert sie dauernd mit dem anderen Gringo? Was ist los mit diesen unruhigen Menschen? Während ich das noch denke, erblicke ich auf der gegenüberliegenden Straßenseite einen jungen Amerikaner, der ein Hemd mit der Aufschrift trägt: When you're not running, you're not interesting. Ich würde ihm gern sein Hemd abkaufen und dir schenken…*

Die goldgelben Tagetes heißen cempasuchil *auf zapotekisch, die wichtigste Blume für den Tag der Toten, denn jede Blüte versinnbildlicht eine Seele und gleichzeitig die Sonne. Hübsch, nicht? Aus Tagetesblütenblättern wird ein Pfad von der Straße ins Haus gestreut, damit die Toten den Weg zu ihren Verwandten finden und wieder zurück zum Friedhof. Denn wenn sie verlorengehen und ihr Grab nicht wiederfinden, belästigen sie die Lebenden das ganze Jahr über. Vielleicht sind damit die Erinnerungen gemeint.*

Endlich kommt ein Taxi, es wird abgezählt, fünf Leute pro Wagen. Ich klemme mich mit einem dikken Pärchen auf die Hinterbank, Florian mit dem Fahrer und dem alten Mann mit dem Cowboyhut auf die Vorderplätze. Zu gellender Diskomusik rast der Fahrer über die schmale Landstraße und wird nur durch regelmäßige tope, *Betonstolperschwellen, gezwungen, sein Tempo drastisch zu reduzieren. Ich habe Angst, in einem idiotischen Verkehrsunfall in Mexiko zu sterben. Das Vermeidbare, Dumme, Zufällige daran macht mich ganz verrückt. Ich weiß doch, wie schnell es gehen kann. Warum habe ich nicht aus dieser Erfahrung gelernt, meine Zeit besser zu nutzen? Warum lebe ich immer noch vor mich hin wie auf Verdacht? Aber die ständige Aufforderung, das Leben zu genießen und sich gleichzeitig genau zu überlegen, was wichtig ist und was nicht, weil unsere Zeit auf Erden so kurz ist, zermürbt mich. Wie hältst du das aus? Du bist doch jeden Tag damit konfrontiert. Menschen, die gerade eben noch geglaubt haben, sie seien unsterblich, liegen vor dir auf dem Operationstisch – gerade noch im Narkosetraum und dann schon im Todesschlaf. Vielleicht gibt es gar keinen Unterschied, wer weiß?*

Das Paar neben mir ist so hoch wie breit. Unerschütterlich in ihrer Massivität sitzen sie da und werden nicht wie ich von links nach rechts geschüttelt. In dem Augenblick, wo ich sie anspreche, verwandelt sich diese Unerschütterlichkeit jedoch in eine freundlich strahlende Wärme, als habe man das Licht angeknipst. Völlig vorbehaltlos sind sie, ohne Mißtrauen, Angst oder Kalkül.

Sie führen uns auf den Markt von Tlacolula, ein riesiges Labyrinth, aus dem wir stundenlang nicht wieder herausfinden. Du hättest hier deine Freude.

Wir schieben uns vorbei an Bergen von Erdnüssen, Zuckerrohr, Bananen, Bohnen, Maiskolben, Kakao und chapulinas, *gegrillten Heuschrecken. Wenn man eine einzige Heuschrecke ißt, so heißt es, wird man immer wieder nach Oaxaca zurückkehren. Es gibt Tortillamaschinen zu kaufen, Macheten und riesige Truthähne, die von den Marktfrauen im Tragetuch herumgetragen werden wie Babies. Zwischendrin Schuhputzerjungen, deren kaum ältere Kunden gelangweilt Comicpornos lesen, während ihnen die Stiefel gewienert werden. Im Regal hinter den medizinischen Fachbüchern habe ich ein paar Pornos gefunden. Ja, ich schnüffle herum, um ein Stückchen von dir und deiner Vergangenheit zu finden, während du den künstlichen Schlaf deiner Patienten bewachst, ihre wilden Geschichten, die in ihnen wuchern, während ihre Körper aufgeschnitten werden. Was geschieht mit diesen Geschichten, wenn deine Meßgeräte nur noch eine gerade Linie zeigen und diesen langen, markerschütternden Piepser von sich geben? Wird unsere Seele ausgeschaltet wie ein Fernsehgerät? Glaubst du das?*

Hinter den Marktständen entdecke ich einen Laden

für Brautkleider. Neben den Schaufensterpuppen in Brautkleid und Schleier baumelt ein Plastikskelett, gleich daneben kann man sich in einer offenen Garage einen Sarg aussuchen, und am Eingang liegt ein Baby in einem Pappkarton, während die Mutter Zukkertotenschädel verkauft. Ich lasse deinen Namen in blauem Zuckerguß auf einen Totenschädel schreiben, Tomas, ohne h, so schreibt man es hier. Sie heißen calaveras, *man schenkt sie seinem Liebsten. Von jetzt an trage ich einen Totenschädel mit deinem Namen in meiner Handtasche!*

Aus der Mittagshitze fliehen Babette und Florian in die riesige Kirche von Tlacolula. Ganz betäubt von der Pracht sitzen sie stumm in einer abgeschabten Kirchenbank. Die vergoldeten Spiegel reflektieren barfüßige Indios, die inbrünstig vor einem überlebensgroßen Kruzifix beten, Gott laut um Hilfe anrufen. Eine Gruppe von französischen Touristen kommt hereingeschwappt, sie tragen Namensschilder mit Mini-Totenköpfen auf den T-Shirts. Sie recken ihre Videokameras und schwenken die Kirche ab, die betenden Indios, einen behinderten, alten Mann, der mit einer weißen Nelke in der Hand mühsam auf das Kruzifix zukriecht und schließlich zitternd mit der Blume über die Füße des Gekreuzigten streicht. Er wird in all den Ferienvideos der Franzosen auftauchen, quer durch das ganze Land wird sein Bild über Fernsehschirme flackern, mit dieser einen Bewegung mit der weißen Blume über die blutenden Füße Christi wird er eine Sekunde lang auf der anderen Seite des Globus vielleicht Menschen rühren, schockieren oder langweilen, während sie nebenbei Pizza essen, Zeitung lesen, ihre Kinder verhauen, sich an einem Fischli verschlucken und dran ersticken.

Florian haut mit der Faust auf die Kirchenbank, daß Babette erschrocken zusammenzuckt.

Scheiße! schreit er aufgebracht. Scheiße! Was hat es denn geholfen, das Beten? Nichts hat es geholfen! Gar nichts!

Die Videokameras schwenken auf ihn, einen gutaussehenden jungen Deutschen, der in einer Kirche in Mexiko randaliert. Aber dann doch nur fast. Schade eigentlich.

Mit Pilgern aus dem Allgäu sind wir tatsächlich im Bus nach San Giovanni Rotondo gefahren. Die ganze Fahrt über haben sie gesungen, *Mutter Maria hilf.* Alfred hat nicht mitgesungen, aber ich. So laut ich konnte.

Ich hatte alles mögliche probiert in meiner Angst. Das I Ging befragt, Runen und Tarotkarten gelegt, gependelt – alles, um von irgendwoher aus dem Kosmos ein wenig Trost und Hilfe zu bekommen. Und als das alles nicht funktionierte, fing ich in meiner Verzweiflung an zu beten. Ich wußte gar nicht, wie das geht, weil ich es nicht gelernt habe. Ich betete sozusagen blind, auf Verdacht. Ich wußte auch nicht, wen ich eigentlich anbeten sollte, denn ich habe nur eine sehr verschwommene Vorstellung von Gott, aber plötzlich betete ich manchmal laut und inbrünstig vor mich hin, und Alfred betrachtete mich dabei, wie ein sehr guter Skiläufer einen Anfänger betrachtet. Zweifelnd, ob der das jemals lernen wird.

Er selbst hielt immer öfter Zwiesprache mit Therese von Konnersreuth, von ihm das Reserl genannt, sie befahl ihm im Traum, nach Apulien zu fahren, zum Geburtsort von Pater Pio, einem Kapuzinermönch, dem tausendfache Wundertätigkeit nachgesagt wird.

Ostern hat er aus den Händen geblutet wie das Reserl, nur ein bißchen mehr und ein bißchen heftiger, erzählte Alfred mir. Die Kirche hat ihn dazu verdonnert, Handschuhe zu tragen während der Messe, weil es keiner sehen sollte.

Er zeigte mir ein Buch mit Fotos von Therese, das ihm seine Großmutter geschenkt hat, als er ein kleiner Junge war. Das Reserl war eine dickliche, kleine Frau, die ausschließlich von geweihten Hostien gelebt haben soll.

Auf einem Foto waren nur zwei weiße, kleine Kreuze vor schwarzem Hintergrund zu sehen, die Stigmata in ihren Händen, die angeblich in der Dunkelheit geleuchtet haben.

Wir lagen zusammen im Bett, sahen uns die Fotos an und lachten uns kaputt. Ich band Alfred ein Küchenhandtuch um den kahlen Kopf und malte mit einem Filzer Kreuze in seine Handflächen, fotografierte ihn. Wir hielten uns die Bäuche vor Lachen.

Am nächsten Tag brach Alfred ein Zahn ab, und er war der festen Meinung, das sei die Strafe dafür, daß er sich über das Reserl lustig gemacht hatte. Es war nicht meine Schuld, denn als Heide konnte ich ja nichts dafür, sondern allein seine, sagte er.

Als ich lachte, wurde er wütend.

Wir hatten eine weitere Chemorunde abwarten müssen, bevor wir fahren konnten. Zwei Schwuchteln auf Pilgerreise. Die ganze Reise über hat er sich dicht ans Fenster gelehnt und hinter den grünen Vorhängen versteckt, weil ihm sein vom Cortison aufgeschwemmter Kopf so peinlich war – und das unter all den Allgäuer Bauernköpfen, die allesamt röter und dicker waren als seiner.

Ich habe die Geschichten über die Wunderheilungen von Pater Pio aufgesaugt wie eine Biene den Honig. Ein winziges Tröpfchen Hoffnung. Der Tumormarker war seit Monaten nur noch gestiegen. Inzwischen nahm nur noch ich die Laborwerte entgegen. Dieses quälende Herzklopfen am Telefon, das Geraschel von Papier, die unbeteiligte Stimme der Laborassistentin, die mir wie den Börsenbericht die Anzahl der Leukozyten vorlas, den Hämoglobinwert, den Tumormarker. Und jeden Tag wieder sank unser Kurs.

Ein Video wurde immer wieder im Bus gezeigt, auf dem Pater Pio aus seiner Mönchszelle winkt mit einem riesigen Taschentuch, so weiß wie sein Bart. Minutenlang winkt er, und die Pilger im Bus winken mit Tränen in den Augen zurück. Eine alte Frau aus einem kleinen Dorf bei Memmingen erzählte mir, sie bekäme jede Woche die Lottozahlen von Pater Pio diktiert und habe auch schon kleine Beträge gewonnen, eine andere zeigte mir tiefe Narben an ihrem Hals, die aber nicht von einer Operation herrührten, sondern Pater Pio habe ihr über den Hals gestrichen und sie sei von ihrem riesigen Kropf mit einem Schlag geheilt gewesen. Hoffnung. Immer wieder Hoffnung, die in der Verbindung mit Angst zu den grausamsten Gefühlen zählt.

Die ganze Zeit über nahm ich an, Pater Pio sei noch am Leben. Ich sah die Szene genau vor mir, wie Alfred sein Hemd hochkrempelte und der alte Mönch mit dem langen, weißen Bart ihm den Bauch tätschelte, ihm zulächelte, wir wieder nach Hause fuhren und die Ärzte im Krankenhaus mit verwirrten Mienen die Computertomographien studierten, auf denen nichts mehr zu sehen war, und sich das keiner erklären konnte. Ich sah Alfred grinsen, sein unvergleichliches, freches Grinsen. Seine bayrisch-katholische Seele würde ihn retten, ganz bestimmt, davon war ich überzeugt.

Wenn der Pater noch am Leben gewesen wäre, dann ganz bestimmt, aber er war schon lange tot, und nur ich hatte das nicht gewußt. Enttäuscht und wütend stand ich am Ende der anstrengenden Reise vor einer häßlichen Bronze-Statue von Pater Pio, behängt mit Brillen von geheilten Blinden und Babylätzchen von ehemals unfruchtbaren Frauen. Das war's? Das war alles?

Alfred mußte mich trösten wie ein Kind, das gerade eben erfahren hat, daß es den Weihnachtsmann nicht gibt. Um mich aufzuheitern, schlug er vor, auf dem Rückweg über Venedig zu fahren.

Tod in Venedig, dachte ich, kann es noch platter, noch gemeiner sein?

Aber er war von dieser Idee nicht mehr abzubringen, und natürlich war das Wetter schlecht, kalt und regnerisch, der Markusplatz war überschwemmt, unsere Pension ungeheizt, und Alfred war zu schwach, um in Museen gehen oder herumlaufen zu können.

Den ganzen Tag über saßen wir in sündhaft teuren Cafés und ärgerten uns über die unverschämten Kellner, als Alfred mich mit einem Mal in die Rippen boxte, daß ich laut aufschrie. Schau doch mal! Schau doch mal! rief er und zeigte aufgeregt auf den Markusplatz.

Eine elegante dunkelhaarige Frau um die dreißig in

einem tomatenroten Wickelkleid eilte auf den wegen der Überschwemmung ausgelegten Bohlen über den Platz, und in dem trüben, bläulichen Licht leuchtete ihr rotes Kleid wie eine Flamme.

Unser Kleid! rief Alfred. Das ist unser Kleid!

Er sprang auf, rannte aus dem Café und folgte der Frau. Aufgeregt winkte er mich immer näher heran, bis wir nur noch wenige Schritte hinter ihr waren und tatsächlich unsere leicht verunglückte Schrägnaht im Rock erkennen konnten. Kein Zweifel. Es war wirklich unser Kleid!

Die Frau ging zielsicher, und ohne sich nach uns umzudrehen, über mehrere Brücken und durch schmale Gassen. Keine Touristin, eine Einheimische, eine Venezianerin! Das machte es nur noch besser, wir hatten ein Kleid ins Ausland verkauft! Sie sah so gut aus in unserem Kleid, so beneidenswert selbstsicher und elegant, so daß wir uns nicht von ihr trennen konnten. Sie erschien wie der leibhaftig gewordene Grund, warum wir Kleider entwarfen.

Wir folgten ihr bis zu einem gelben Haus, in dem sie verschwand. Alfred war so außer sich vor Begeisterung, daß er seine schwache körperliche Verfassung ganz vergessen zu haben schien.

Hast du das Rot in diesem Licht gesehen? Ist es nicht fantastisch? Es ist das perfekte Rot. Nicht zu blaustichig, nicht zu gelb. Und du wolltest mich damals zu einem Burgunderrot überreden, weißt du noch?

Er zitterte am ganzen Leib, und ich beschwor ihn, ins Hotel zurückzugehen. Nein, sagte er kategorisch, wir warten.

Also warteten wir vor dem Haus, es war kalt und ungemütlich, ich fürchtete, Alfred würde sich bei seiner Immunschwächung noch eine Lungenentzündung holen, aber nichts konnte ihn dazu bewegen, seinen Posten zu verlassen. Noch einmal wollte er sein Kleid sehen.

Vielleicht geht sie heute nicht mehr aus dem Haus. Und wenn sie rauskommt, hat sie sich vielleicht umgezogen, wandte ich ein.

Er sah mich nur mitleidig an. Dieses Kleid zieht die nicht mehr aus, weil sie weiß, daß sie darin ein Star ist. Wetten?

Nicht allzulang später öffnete sich tatsächlich die Tür, sie schwebte heraus. Im ersten Augenblick stöhnten wir enttäuscht auf, denn sie trug jetzt einen hellen Trenchcoat, aber dann blitzte ein Stückchen Rot darunter hervor. Wir sprangen auf und liefen ihr abermals hinterher bis zu einem kleinen Restaurant in der Nachbarschaft, das wir als Touristen niemals gefunden hätten. Sie traf sich mit einem Mann mit graumelierten Haaren und brutalem Kinn, von dem wir ihr beide am liebsten abgeraten hätten.

Wir setzten uns an einen Nebentisch und bewunderten, wie weich der Stoff über ihr Dekolleté fiel, wie die Farbe ihrer Haut schmeichelte. Wir bemängelten nur ein wenig die Art, wie sie das Kleid gebunden hatte, und Alfred war nur mit Mühe davon abzuhalten, es ihr richtig zu binden.

Sie hat den klassischen Fehler gemacht, seufzte er. Sie hat es zu weit nach links gezogen und zu eng gewickelt, dann trägt es auf.

Es trug nicht im geringsten auf, aber ich hütete mich, mit Alfred darüber zu streiten, so sehr freute ich mich an seiner völligen Selbstvergessenheit. Sie überstrahlte unsere tatsächliche Situation wie ein unvermuteter Sonnenstrahl einen eisig grauen Tag. Begierig reckten wir unsere Glieder dieser Sonne entgegen, sehr wohl wissend, daß sie nicht lange anhalten würde. Noch einen Augenblick und noch einen, vielleicht sogar noch einen klitzekleinen, bevor sie wieder verschwinden würde.

Wir betranken uns vor Freude, und Alfred hatte sogar Appetit, was sonst fast nie mehr vorkam.

Die Frau in unserem Kleid schien lang nicht so viel Spaß an diesem Abend zu haben wie wir, sie war in ein ernstes Gespräch mit dem Mann mit dem brutalen Kinn verstrickt und wirkte bekümmert – aber sie war dabei phantastisch angezogen, und das war für uns die Hauptsache.

Ich erinnerte mich an den japanischen Modedesigner, der Hiroshima miterlebt hatte, und mit einem Mal verstand ich seine Entscheidung, sich von da an nur noch auf den schönen Schein zu konzentrieren. Nichts hat Alfred so sehr getröstet wie sein rotes Kleid.

Lieber Thomas,

heute geht es los. Maria hat bereits einen Altar für ihre toten Eltern aufgebaut, auf kleine Tische in sieben Stufen Blumen, Kerzen, Weihrauch gestellt, mole, *eine scharfe Schokoladensauce gekocht, die Lieblingsspeise der Toten, für ihren Vater Zigaretten und ein Bier hingestellt, wenn er kommt. Wir haben ihr geholfen, aus den gelben Tagetesblättern einen Weg zum Haus zu streuen, damit die Toten auch wirklich zu ihr finden, aber daran gibt es für Maria keinen Zweifel. Wäre es nicht wunderbar, wenn man an etwas glauben könnte?*

Noch bei Tageslicht fahren wir zum Friedhof von Xoxo, außerhalb von Oaxaca. In einem höllischen Stau quälen wir uns im Taxi dorthin. Die ungefilterten Abgase drohen uns schier zu ersticken, verpesten uns die Lungen, wir werden früher sterben, nur weil wir hier waren.

Vor dem alten Friedhof von Xoxo sind Stände aufgebaut, die Blumen und pan de muerte, *Totenköpfe und Kerzen verkaufen. Es ist noch ruhig, die meisten Familien sind damit beschäftigt, die Gräber zu schmücken. Weiße Gladiolen vor dunkelblauem Himmel, rotglühende Löwentatzen und die allgegenwärtigen gelben* cempasuchil.

Alle haben sich fein gemacht, die Frauen tragen hohe Schuhe und kurze Röcke, sie schleppen Taschen und Tüten, auf den Gräbern werden Picknicks ausgepackt, Cola und Sprite für die Kinder, Corona und Mescal für die Erwachsenen. Picknickstühle für die Alten werden gleich neben den Grabsteinen aufgestellt. Es riecht nach Tortillas und Weihrauch.

Wir sitzen auf einer kleinen Bank an der Friedhofsmauer und beobachten das Treiben, irgendwann fällt unser Blick auf das verwahrlost und verwaist wirkende Grab gleich vor uns. Ein kleiner Junge liegt hier begraben, Marcelo, am 24. September 1984 geboren und gestorben. Florian und ich wechseln nur einen Blick, und schon gehen wir los und kaufen Blumen, ein riesiges pan de muerte *und einen wunderbaren Totenkopf, in den man eine Kerze stellen kann.*

Wir schmücken Marcelos Grab, zünden die Kerzen

an, wunderschön leuchtet unser Totenkopf, stolz und zufrieden setzen wir uns wieder auf die Bank und betrachten ›unser‹ Grab. Wir fühlen uns so viel besser als die Touristen, die jetzt langsam eintreffen und in Scharen schüchtern und verloren durch den Friedhof tapsen und sich sichtlich bemühen, nicht auf die Grabsteine zu treten, was nicht so einfach ist, weil es keine angelegten Wege gibt.

Ach, seufzen wir stumm, wie gut, daß wir nicht zu denen gehören. Da nähert sich eine Familie mit Blumen im Arm und Tüten in den Händen, Vater, Mutter und ein kleines Kind.

Sie steuern geradewegs auf unser Grab zu. Erschrocken erheben wir uns, unser schrecklicher Verdacht wird Gewißheit: Es ist die Familie des kleinen Marcelo, seine Eltern! Wir stottern Entschuldigungen, aber die Eltern lächeln uns nur erstaunt an, bedanken sich sogar für unseren Grabschmuck. Wir möchten in den Boden versinken, aber nein, nein, versuchen sie uns zu beruhigen, ningún problema, *es ist kein Problem. Sie hätten ein bißchen länger gebraucht, um zum Friedhof zu kommen, erzählen sie, weil sie weiter weg wohnen, aber ihren Marcelo würden sie nie vergessen. Dabei hat er nur einen einzigen Tag lang gelebt. Er sei damals in einer Sturzgeburt mitten auf dem Markt zur Welt gekommen und zu schwach gewesen, um zu überleben, sagt die Mutter. Sie habe inzwischen vier weitere Kinder. Sie deutet auf den kleinen Jungen, das sei ihr Jüngster.*

Der Kleine steigt auf einen Grabstein und springt

mir in die Arme. Er klammert sich an mich, schlingt seine Arme um mich wie ein Äffchen. Die Eltern lachen freundlich und loben unseren Totenkopf, wissen nicht wohin mit ihren eigenen Blumen, denn das Grab ist ja schon voll mit unseren.

Mit hochroten Köpfen und immer wieder Entschuldigungen stammelnd, treten wir den Rückzug an. Ich stelle mir vor, wie ich am Totensonntag in Deutschland eine Gruppe von Japanern oder Mexikanern am Grab von Fritz finde, die beschlossen haben, es zu schmücken, weil es ihnen nicht hübsch genug erschien…

Lachst du über mich? Schüttelst du den Kopf? Findest du mich blöd? Ich fände es sogar schön, wenn du mich ein wenig blöd finden würdest. Über mich lachen würdest. Dann wäre alles nicht mehr so schrecklich ernst. Ich habe mich so sehr bemüht, mit dir keine Fehler zu machen, und das war vielleicht der größte Fehler überhaupt, denke ich jetzt hier, in Mexiko, in einem Internetcafé, wo mich die Mücken in die Waden stechen und ich mich entscheiden muß, ob ich mich kratzen oder meine wichtigen, ernsten Gedanken zu Ende führen will.

Bei Einbruch der Dunkelheit schieben immer größer werdende Touristenströme über die Friedhöfe, Blitzlichter flackern auf wie Unwetter, Videokameras surren von allen Seiten wie Hornissen.

Vor besonders eindrucksvoll geschmückten Gräbern haben sich Trauben von Menschen versammelt, Touristengruppen tragen ihr Friedhofspaket mit sich herum – ein kleines Bündel Tagetes, eine Kerze, ein Bröckchen Weihrauch und ein Fläschchen Mescal – und unter der Anleitung eines mexikanischen Führers dürfen sie ein Grab schmükken. Die Angehörigen stehen ein wenig betreten daneben und nicken freundlich. Der Katzenjammer hat Babette und Florian gepackt. Verloren wandern sie über den Friedhof und fühlen sich doppelt einsam. Ihre eigenen Toten sind nicht hier, sie sind weit weg in Deutschland, so kommt es ihnen vor. Florian vermißt Alfred so sehr, daß ihm schwindlig wird. Er setzt sich auf das dürre Gras und wird sofort von Kindern umringt, die ihn um ein paar Pesos anbetteln. Sie haben ein paar Kerzen auf ein Grab gestellt und behaupten, das sei das Grab ihres Großvaters. Sie kichern.

Un peso, sagen sie, *un peso para Halloween. Halloween.*

Babette gibt ihnen ein paar Pesos, kreischend rennen sie davon. Sie setzt sich neben Florian, aber er ist tief in Gedanken versunken und beachtet sie nicht. Was zum Teufel mache ich hier, fragt sich Babette, was habe ich mir von all dem Firlefanz erhofft?

Dicke Weihrauchschwaden ziehen über den Friedhof. Die Familien packen das Essen aus, Tamales, Huhn und Mole, Mescalflaschen machen die Runde, Zuckerwatte wird verkauft, Kassettenrecorder werden angemacht, die ersten Mariachibands treffen ein und spielen auf Bestellung an den Gräbern. Die Jugendlichen werden immer ausgelassener, aber an manchen Gräbern sitzen die Alten ganz versunken da, unbewegt im Kerzenschein, während um sie herum die Musik immer lauter wird. Ein lauer Wind webt die Musik aus allen Ecken des Friedhofs zu einem Teppich. Als Dracula, Tod und Teufel verkleidete Kinder spielen zwischen den Gräbern Fangen, ein Junge sitzt auf einem Grab und spielt mit seinem Gameboy, ein dreijähriges Mädchen legt aus den Tagetesblütenblättern ein neues Muster aufs Grab. Ein als Skelett verkleideter Säugling in einem schwarzen Strampelanzug mit aufgemalten weißleuchtenden Knochen wird von seinem Großvater auf dem Knie geschaukelt, ein Junge ballert mit einer Spielzeugpistole herum, über ihm streckt ein Marmorjesus seine Arme aus, jemand hat ihm eine Tagetesblüte in die segnende Hand gegeben.

Plötzlich erklingt ein Tusch, und auf einem mageren, kleinen Pferd kommt ein verkleideter Mann auf den Friedhof geritten, eine blonde Puppe um den Bauch gebunden. Neben ihm geht ein als Frau verkleideter Mann, der eine Obstschale auf dem Kopf trägt. Die beiden spielen einen stummen Dialog mit großen Gesten, die Frau fleht den Mann auf dem Pferd an, ihre Liebe zu erhören. Kinder und Erwachsene laufen zusammen, um sich das seltsame stumme Schauspiel anzusehen. Es wird ganz still, bis unverhofft eine Mariachiband in den schrägsten Tönen loslegt und alle anfangen, wie wild zu tanzen.

Ein verkleidetes Monster mit roten Haaren zieht Babette in die Mitte, sie muß mittanzen, ob sie will oder nicht, sie streckt den Arm nach Florian aus, der sich nur widerwillig mitreißen läßt, aber es bleibt ihm keine Wahl, und so werden sie in der hüpfenden Menge über den Friedhof geschoben und wissen nicht recht, wie ihnen geschieht. Eine Flasche Mescal macht die Runde, die ersten Male noch wischt Florian vorsichtig die Flasche mit seinem Hemdsärmel ab, wie eine Flamme züngelt der Alkohol durch seinen Körper, verbrennt jedes Gefühl, er streckt die Hand aus: Noch ein Schluck und noch einer, daß all diese verdammten Erinnerungen in Flammen aufgehen.

Fidel Castro springt in voller Montur hinter einem Grabstein hervor und ballert mit einer Maschinenpistole auf Florian und Babette. Erschrocken schreit Babette auf, Florian lacht. Da greift Fidel hinter seiner unbewegten Plastikmaske nach seiner Hand und will mit ihm tanzen. Ein schmaler Mann mit einem festen jungen Hintern, seinen Hintern hat Florian sofort gesehen, er legt ihm die Hände auf die Schultern, zieht ihn an sich. Von einer Sekunde zur anderen wird Florians Körper von Hitze überflutet wie von Fieber. Seit genau zwei Jahren hat er mit keinem Mann mehr geschlafen. Unvorstellbar. Nicht aussprechbar. Er spürt vage, daß sein Gesicht naß ist. Heiße Tränen oder kalter Schweiß? Er kann es nicht mehr unterscheiden. Gefühle flattern durch die Luft wie riesige Schmetterlinge, sie kommen und gehen, ehe man sich versieht, sind sie wieder fort.

Hinter der Friedhofsmauer kommen kreischende Kinder auf Schiffsschaukeln zum Vorschein, die, wenn sie ihren höchsten Punkt erreicht haben, wie eine Vision aus einer anderen Welt hoch über dem Friedhof schweben, bis sie wieder verschwinden.

Fidel Castro zieht Florian mit sich fort, quer über den großen Friedhof, durch ein Labyrinth von Grabsteinen. Noch einmal dreht Florian sich nach Babette um, aber er hat sie bereits aus den Augen verloren. Immer dichter zieht Fidel ihn an sich, Florian riecht sein billiges Rasierwasser, das Plastik der Maske, ein Stück braune, glatte Haut am Hals. Dorthin will er ihn küssen, gleich hier, hinter einem steinernen Engel, aber Fidel führt ihn weiter zu einer Party von jungen Leuten zwischen den Grabsteinen. Zwei Bands haben sie bestellt, eine Blaskapelle und eine Mariachiband, die sich mit einer schnellen, wilden und einer herzzerreißenden, langsamen Musik abwechseln. Zur Blasmusik werfen die Partygäste losgelöst, wild und selbstvergessen ihre Glieder durch die Luft, um dann zur Mariachimusik langsam und eng miteinander zu tanzen. Florian klammert sich an Fidel Castro, als würde er untergehen, um während der schnellen Musikeinlagen um so wilder um sich zu schlagen.

Nichts ist hier unbeschwert und lustig, das versteht er nur zu gut, sondern verzweifelt, trotzig und melancholisch. Der Schmerz kommt immer klarer zum Vorschein, hart und schnell oder langsam und weich, je nach Musik.

Ja, genau so fühlt sich seine Trauer an. Sie verändert ihr Gesicht, aber verläßt ihn nie. Hier packt man sie öffentlich bei den Hörnern, muß sich nicht mit ihr verstecken, weil sie als unattraktiv gilt, einen zum Ausgestoßenen macht.

Mi hermana, sagt Fidel. Der Grabstein seiner Schwester, vor einem Jahr gestorben, achtundzwanzig Jahre alt.

Mi amigo, radebrecht Florian, *dos años.*

Ob Fidel ihn verstanden hat oder nicht, er hebt auf jeden Fall die Hand und streicht Florian zärtlich über die Wange, drückt ihn an seine grüne Uniform, preßt ihn so sehr an sich, daß ihm die Luft wegbleibt.

Bleib so, möchte Florian ihm sagen, bleib so, bis ich dir alles von Alfred erzählt habe, alles, was ich über ihn weiß. Bleib so, damit ich mich nicht fürchten muß, bleib einfach so. Aber da wechselt schon wieder die Musik, es spielt die wilde Blaskapelle, und Fidel stößt ihn von sich, beide springen und toben, schütteln und bäumen sich auf, als könnten sie den Schmerz durch Bewegung abschütteln wie ein Tier, das in die Falle geraten ist.

Babette kommt spät in der Nacht allein nach Hause, ohne Florian, sie fühlt sich, als hätte sie ihren Hund verloren, aber die Leine noch in der Hand. Wo ist er hin, der Hund? Gefressen von einem Löwen, als sie gerade nicht hingeschaut hat, in eine Felsspalte gefallen, vom Leben verschluckt? Von einem Mann verschluckt, natürlich. Sie hat sich vor diesem Augenblick gefürchtet, jetzt ist sie wieder ganz allein.

Tote sitzen um ihr Bett herum. Geht weg! sagt sie. Verpißt euch und laßt mich in Ruhe! Sie schlagen ihre Knochenbeine übereinander und glotzen aus dunklen Höhlen. Im Fernsehen sucht Babette Donald Duck, der sie schon einmal beruhigt hat, aber heute abend gibt es nur Berichte aus ganz Mexiko von den Feierlichkeiten zum Tag der Toten. In Campeche werden die Schädel und Knochen der toten Verwandten aus einer kleinen Holzkiste genommen, gereinigt und geschmückt, manche bekommen sogar ein kleines Toupet aufgesetzt und Tagetesblüten in die Augenhöhlen gelegt. Und wenn das Fest vorbei ist, kommen sie wieder für ein Jahr in die Kiste. In Patzcuaro fahren geschmückte Boote zu einem Friedhof auf einer kleinen Insel, in Mexiko-City ist auf dem Zócalo eine riesige *ofrenda,* ein Altar aufgebaut für die Ermordeten der Stadt. Jedes Jahr sind es mehr, gleichzeitig finden in allen Diskos riesige Totentagparties statt.

Babette sieht Frauen in glitzernden Miniröcken und

Männer mit blauschwarzen Haaren miteinander tanzen. Versuchsweise dreht sie ein paar einsame Runden zwischen Bett und Fernseher. Die Toten lachen sie aus. Gib dir keine Mühe, sagen sie. Und ihre Rippen klappern gehässig.

Babette läuft in den Garten, giftgrün leuchtet das Gras im Mondlicht, der Papagei schreit Maria, Maria, aber niemand ist da, Maria ist auf dem Friedhof wie alle anderen, die Pension ist dunkel und still wie ein Grab.

Die Tür zu Marias Büro ist abgeschlossen, aber die Küchentür ist unverriegelt. Im Kühlschrank steht schwarze Mole, scharf und süß. Babette steckt den Finger hinein und leckt ihn ab. Die kalte Luft aus dem Kühlschrank umweht sie wie Winter in Deutschland. Durch die Küche gelangt sie ins Büro, ihre Finger wählen Thomas' Nummer. Das Klingelzeichen tutet wie ein Schiff im Nebel in seiner Wohnung auf der anderen Seite der Welt, aber er antwortet nicht.

Zwei Schlaftabletten nimmt sie. Sie fällt in den Schlaf wie in weichen Schnee. Sie friert. Durch ihre Träume wandert ein Schneemann im schwarzen BH. Sie weiß, daß sie selbst unter dem Schnee steckt, denn es ist ihr BH, den erkennt sie wieder, ihr schönster, aus schwarzer Spitze, der war nicht billig.

¿Dónde está el señor? fragt Maria.

Babette lächelt. Er schläft, sagt sie. Aber sie weiß, daß er heute nacht nicht zurückgekommen ist.

Die Touristen an den Frühstückstischen sehen mitgenommen aus. Die gestrige Nacht hat ihre Nase spitz gemacht. Heute nacht noch einmal auf die Friedhöfe, aber dann bitte schnell nach Hause. Zurück ins Wohnzimmer und auf die Couch, Glotze an und dann sind wir wieder in Sicherheit. Das Leben und der Tod finden wieder im Fernsehkasten statt und nicht mehr in der eigenen Brust, das hält ja kein Mensch aus.

It's a little too much, sagt eine Frau in einem hellblauen Frotteeanzug, *don't you think?*

It's a little too much, wiederholt Babette flüsternd. Sie wickelt die scharfen *tamales* auf ihrem Teller aus den Maisblättern wie kleine Puppen aus ihren Kleidern. Mais. Maisfeld. Thomas. Sie flüstert seinen Namen. Er verschwindet in der mexikanischen Luft wie eine Seifenblase, als wäre er ihre Erfindung.

Sie kauft Andenken ein und weiß nicht für wen. Die Leute im Verlag, werden sie die kleinen Gipsskelette verstehen? Die Sekretärinnen mit Totengesicht, die Nonnen und Bräute, Frauen im Bikini, Musikanten und Geschäftsleute mit Handy? Sie entdeckt das Skelett eines Arztes im weißen Kittel, das Stethoskop um den Knochenhals, das kauft sie für Thomas. Mit vorsichtigem Lächeln wird er es entgegennehmen, ins Bücherregal stellen, wo es verstauben wird, toter als tot. Nie wieder wird jemand über das Skelett lachen, wie es sich gehört, rufen: Ach, was für ein hübscher Toter!

Am Zócalo zerrt ein Ballonverkäufer seine Ballons durch den Wind wie unwillige bunte Tiere. Kunstvolle Sandbilder sind auf dem Platz aufgeschichtet worden. Sie zeigen Totenköpfe, was sonst? Babette möchte über sie hinwegtrampeln, wie ein kleines Kind hineinspringen, alles zerstören, mit Sand schmeißen, Sand aus Totenköpfen.

Gleichzeitig möchte sie in München auf dem Kinderspielplatz einen Totenkopf backen, aus gelbem Sand mit riesigen Augenlöchern, die sie mit Erde kohlrabenschwarz färbt, die Kinder bieten ihre Hilfe an, mit bunten Plastikschaufeln, Sieben und Eimerchen kommen sie angewackelt, mit ihren kleinen Händen klopfen sie den Totenkopf fest, aufgescheuchte Mütter in Jogginghosen pfeifen sie zurück, beobachten Babette argwöhnisch. Flüsternd plant man bereits ihre Einweisung, mindestens eine Anzeige, den Kindern halten sie die Augen zu, schaut nicht hin, das ist eine Verrückte, die verkraftet ihr Leben nicht.

Ich könnte auf Nimmerwiedersehen verschwinden, denkt Babette, in der Zeitung würde stehen: *Nicht zurückgekehrt vom Tag der Toten. Vermißt in alle Ewigkeit, zwei Deutsche, Babette Schröder und Florian Weber.*

Eine Amerikanerin mit einem kleinen Kind auf dem Arm setzt sich neben sie. Das Kind hält einen roten Ballon und schaut ihm mit wackelndem Kopf hinterher, roter Kreis auf blauem Untergrund. Das Kind glotzt in den Himmel und öffnet die Hand, der Ballon hüpft schadenfroh davon.

Auf Wiedersehen, ihr Trottel dort unten, festgenagelt durch die Schwerkraft wie Speck in der Wurst. Tschüß, ihr armen Schweine, *ciao* und *good luck.*

Babette und das Kind sehen dem Ballon hinterher, wie er immer kleiner und lustiger wird. Da fängt das Kind mit Verzögerung an zu kreischen, als habe man es in die Brust gestochen. Wortlos steht Babette auf und kauft ihm einen neuen.

Thank you, sagt die Mutter, und dann erzählt sie Babette unaufgefordert ihre Lebensgeschichte: Auf ihrer Hochzeitsreise nach Acapulco vor zwei Jahren ist ihr noch nicht einmal dreißigjähriger Mann an einem Herzinfarkt gestorben, und sie hat von den mexikanischen Behörden erwirkt, daß sie ihrem toten Mann ein wenig Samen abnehmen durfte. Das Ergebnis schaut Babette ausdruckslos an und sabbert. Den neuen Ballon beachtet es mit keinem Blick.

Have a nice day, sagt Babette und eilt davon.

Geschichten, denkt sie, all diese Geschichten. Sie möchte keine mehr haben, sie fliegen lassen, ihr noch einmal nachschauen, sich abwenden und keine neue kaufen. Tschüs. Von jetzt an habe ich keine Vergangenheit mehr.

Auf ihrem Kopfkissen liegt ein Zettel: *Le está buscando un señor de Alemania.* Ein Mann aus Deutschland sucht sie. Florian muß wieder aufgetaucht sein.

Sie klopft an seiner Tür, aber er antwortet nicht. Durch einen schmalen Spalt im Plastikvorhang sieht sie ihn auf dem Bett liegen. Wie ein blauer Tintenfleck liegt er auf den weißen Laken, und da erst begreift Babette, daß er ihr blaues Kleid trägt. Tatsächlich! Er hat ihr blaues Kleid geklaut und angezogen. Seine nackten Waden ragen unter dem Rock hervor, er liegt auf dem Rücken wie... O Gott, denkt Babette erschrocken und rüttelt an der Türklinke, natürlich! Ganz logisch. Hier wollte er es tun. Und jetzt hat er es gemacht. Er hat es geschafft. Und auch noch in dem blauen Kleid! Wie pathetisch. Na, toll!

Sie sieht bereits die mexikanischen Notärzte das Zimmer aufbrechen, hört die Ambulanzen, fühlt wieder diesen dumpfen, unerträglichen Schmerz in der Brust.

Da bewegt sich das blaue Kleid und richtet sich auf. Es

ist gar nicht Florian, sondern ein junger, hübscher Mexikaner. Er reibt sich die Augen und glotzt sie an. Babette springt von der Tür zurück. Wie kann er ihr das antun? Was fällt Florian ein? Vor Wut schießen ihr die Tränen in die Augen. Verdammt noch mal, was hat sie denn getan, daß alle sie verlassen?

Ziellos wandert sie durch das Volksfest vor dem Panteon General, dem großen Friedhof, sie schleckt an Zuckerwatte, die sie an ihre Kindheit erinnert, an bittere Tränen im Autoscooter, an furchterregende Schiffsschaukeln und lächerliche Geisterbahnen. Es dämmert, der Himmel lodert rot auf, als wolle er verbrennen, bevor die Dunkelheit fällt wie ein schwarzer Vorhang.

In einer Nebenstraße gerät sie in einen Umzug von verkleideten Kindern und Jugendlichen, Darth Vader ist dabei und Freddy Kruger, ein paar wilde Monster, die aus schrecklichen Wunden bluten, und der Tod unter einem weißen Bettlaken mit grauslich lachender Totenmaske. Er kommt in dem Gedränge direkt auf sie zu, und als sie ihm aus dem Weg gehen will, um ihn vorbeizulassen, hakt er sie unter und zieht sie mit sich mit.

Die Band spielt vorneweg, sie ziehen durch die Straßen, weg vom Friedhof, bis sie vor einer geöffneten Garage stehenbleiben, in der ein Altar aufgebaut ist mit seinen sieben Stufen, dem Zuckerrohrhimmel und allem, was dazugehört. Ein junger Mann in Soutane liest aus einem kleinen Buch den verkleideten Kindern über die Bedeutung und den Aufbau des Altars vor und fragt ab: Was versinnbildlichen die *cempasuchil,* die Tagetes?

Brav rufen die Monster zurück: Die Seelen der Toten und die Sonne.

Und der Weihrauch?

Kommunikation mit Gott, brüllt Freddy Kruger.

Befriedigt nickt der junge Mann, die Band fängt wieder an zu spielen, jeder bekommt ein Stückchen süßes Totenbrot, auch Babette, und weiter geht's.

Der Tod weicht nicht von ihrer Seite. Er ist einen Kopf kleiner als sie und untersetzt, wahrscheinlich ein fünfzehn, sechszehnjähriger Junge.

Fest hält er sie am Arm, und gehorsam geht Babette mit ihm. Die Häuser, an denen sie vorbeiziehen, werden immer ärmlicher, die Straßen immer dunkler, sie tragen auch keine Namen mehr. Allein würde Babette sich niemals in diese Stadtbezirke hineinwagen, aber inmitten all der Monster und mit dem Tod an ihrer Seite fühlt sie sich sicher. Sie lächelt ihm zu, da legt der Tod den Arm um sie: *I love you*, sagt er und grinst sie an mit seinem Knochengesicht.

Die Monster lachen. Die Band spielt schnelle Mariachimusik mitten auf der Straße, die Monster wiegen sich im Takt, der Tod fordert Babette zum Tanz auf.

Mit klopfendem Herzen nimmt sie an. Die Kinder applaudieren. Der Tod tanzt mit einer blonden Gringa. Die Band spielt immer schneller. Mitten im gottverlassenen Nirgendwo, unter einer trüben Straßenlaterne tanzen bald alle wie die Verrückten. Der Tod wirbelt Babette herum und wiegt sich in den Hüften. Vielleicht ist er doch eine Frau. Jeden Knochen ihres Skeletts spürt Babette beim Tanzen. Sie bemüht sich, dem Tod nicht auf die Füße zu treten, sie, die Fritz so selten zum Tanzen überreden konnte, weil sie sich so ungelenk dabei vorkam. Aber er hatte so gut getanzt. Da war er in seinem Element, da fiel alle Schüchternheit von ihm ab.

Hey, Fritz, schau mich an, flüstert sie.

Na endlich, sagt er, und sie hört ihn lachen.

Geht es dir gut?

Ja, sagt er, ist okay. Ist okay, tot zu sein – man hat nicht mehr all diese schrecklichen Gefühle in der Brust.

Der Tanz ist vorbei, der Tod verbeugt sich vor ihr, aber die Kinder schreien *¡otra, otra!* und die Band spielt weiter, noch wilder als zuvor. Der Tod reißt sie an der Hand in die Mitte der Menge, Babette bewegt sich schneller und schneller, ihr Körper löst sich auf in der Musik, wird flüssig und selbstverständlich, sie hört auf, sich zu beobachten wie eine strenge Tante, sie schaut nicht mehr auf ihre Füße, sie ergibt sich. Sie legt den Kopf in den Nacken und dreht sich, dreht sich, dreht sich, bis die Straßenlaternen zu einer flackernden Diskokugel werden. Dahinter lauert tiefste, traurige Dunkelheit, aber hier, hier mitten auf der Straße ist das Leben süß und scharf wie *mole.*

Babette möchte nicht, daß es aufhört. Sie tanzt, bis sie Blasen an den Füßen hat und ihre Knochen nur noch mühsam zurück an ihren Platz finden.

Im Morgengrauen gehen die Monster nach Hause, sie drücken ihr mit kleinen weichen Kinderpfoten die Hand, der Tod gibt ihr einen Zettel mit einer Telefonnummer.

Call me, sagt er und will sich ausschütten vor Lachen.

Babette sagt: *Don't call us, we'll call you,* und da lacht er um so mehr.

Sie umarmt ihn, küßt ihn auf den Plastikkopf.

Adiós, muerte, sagt sie.

Adiós.

Sie stolpert und schwebt gleichzeitig nach Hause, in die Pension. Der Papagei schläft unter einem Tuch, alles ist still. Mit wunden Füßen schleppt sie sich die Treppe hinauf, schließt ihr Zimmer auf – und dort liegt Thomas in ihrem Bett.

Ungläubig nähert sie sich ihm auf Zehenspitzen, zupft vorsichtig an seinem Hemd, berührt mit den Fingerspitzen seine Haut. Zentimeter für Zentimeter wandern ihre Hände über seinen Körper. Keine Stelle läßt sie aus, bis sie endgültig weiß, daß er da ist. Tatsächlich.

Er schlägt die Augen auf.

Hola, chica, sagt er. Ich konnte leider nicht früher, ich hatte Dienst.

Jetzt bist du ja da, sagt sie leise. Jetzt bist du ja da.

Die Skelette werden weggepackt, die Stadt fällt in eine tiefe Lethargie. Jetzt wirkt sie plötzlich wie ausgestorben, tot. Ich verpacke meine Gipsskelette sorgfältig in Zeitungspapier, und den Zuckertotenschädel mit Thomas' Namen darauf, den schenke ich ihm erst in Deutschland, den gebe ich ihm an einem Sommerabend, wenn die Motorräder durch Schwabing surren und die Menschen die Fenster öffnen, um ihre Winterstreitereien zu lüften.

Ich verabschiede mich von Florian. Er wird hierbleiben, bis ihm wieder einfällt, wer er ist. Ein letztes Mal gehen wir zusammen zum Zócalo und atmen noch einmal die Duftmischung von Schuhcreme und Gardenien ein.

Kinder springen durch den Sandhaufen der Totenkopfbilder und zerstören sie. An einem Stand kaufen wir eine Tüte gebratenc Heuschrecken, *chapulinas.*

Na, komm, runter damit, sagt Florian. Wenn man nur eine einzige ißt, kommt man wieder zurück nach Oaxaca.

Aber will ich das?

Die Heuschrecke schmeckt widerlich ranzig und knirschig, ich spüre die Beinchen auf meiner Zunge und in meinem Hals. Florian spuckt sie aus.

Ich bin ja schon hier, sagt er.

Wir setzen uns auf die kleine Mauer an der Kirche. Ich sehe auf meine baumelnden Beine. Sie sind ganz braun geworden in der Sonne. Sie sehen gar nicht mehr aus wie meine Beine, es ist, als gehörten sie zu einer anderen.

Ich hätte gern mein blaues Kleid zurück, sage ich.

Nach einer Pause sagt Florian: Könnte ich es nicht noch ein bißchen behalten? Nur zum Angucken. Du brauchst es doch jetzt nicht mehr. Du hast dir ja schon einen Kerl geangelt.

Du doch auch, grinse ich.

Hm, sagt er, nicht wirklich. Das war nur für eine Nacht. Und ihm das Kleid anzuziehen, war eine saublöde Idee. Keine Ahnung, was mir da durch den Kopf gegangen ist. Es fing mittendrin an, mit mir zu sprechen. Auf tschechisch.

Und das hast du verstanden?

Ja. Es sagte: *Pravda, pravda, pravda.*

Vor Lachen fallen wir fast von der Mauer.

Manchmal höre ich jetzt Alfred lachen, sagt Florian. Das ist neu.

Ich nicke. Fritz hat gestern nacht zum ersten Mal gelacht, als er mich tanzen sah. Wie bei Babies mit drei Monaten kommt anscheinend bei den Toten nach zwei Jahren das erste Lachen.

Könnte doch sein, sagt Florian.

Könnte sein.

Wir schweigen.

Du hast mir nie erzählt, was am Ende mit Herrn Shun war, sagt Florian.

Herr Shun?

Der Chinese. Dein Chinese aus dem Flugzeug.

Ich habe nie wieder an ihn gedacht, sage ich erstaunt. Wirklich nie wieder. Die Fluggesellschaft hat noch auf Bali unsere Koffer irgendwann ausgetauscht. Ich habe meinen zurückbekommen, und er wohl auch seinen, und ich hab kein einziges Mal mehr an ihn gedacht. Ist das nicht seltsam?

Er schüttelt den Kopf. Ich habe auch nie wieder an Andi gedacht. Es gab ihn nur, weil es Alfred gab. So wie es mich nur gab, weil es Alfred gab. Jetzt bin ich jemand anders.

Im Flugzeug, das uns nach Mexiko City bringen soll, sind wir fast die einzigen Touristen unter lauter Indios. Es ist ungewohnt, neben Thomas zu sitzen, der mir mit seinen langen Beinen immer wieder in die Quere kommt. Wir lächeln uns unsicher zu, wir sind es nicht gewöhnt, so eng und lange zusammenzusein.

Wieder überfliegen wir das unendliche Häusermeer von Mexiko-City,wieder frage ich mich, ob der Pilot wirklich den Flughafen finden wird, aber da sehe ich bereits die Landebahn unter mir. In Gedanken sind wir schon gelandet, ich steige bereits aus und stehe am Gepäckband, warte ungeduldig auf meinen Koffer, als plötzlich, kaum drei Meter über dem Boden, das Flugzeug in einem neunzig Gradwinkel steil in den Himmel zieht.

So ist das also, so ist es dann also, denke ich gerade noch, und dann fällt die Angst in einem Riesensatz über meinen Körper her wie ein hungriger Tiger und frißt mich. Gleichzeitig bemerke ich, wie mir kalt wird, eisig, wie schockgefroren. Ich spüre, wie Thomas sich über mich wirft und mich nach unten drückt. Ich sehe den grünen Teppichboden des Flugzeugs, hart und kratzig, und wie meine Turnschuhe in einem seltsamen Winkel von meinen Hosenbeinen abstehen. Das Flugzeug stöhnt und scheppert, als wolle es auseinanderbrechen. Ich glaube, ich schreie, genau weiß ich es nicht. Die Luft wird aus meinen Lungen gedrückt wie aus einem Schwimmreifen. Gleichgültigkeit schwappt über mich, dann wieder Angst.

Nach einer Minute oder einem Jahr, ich könnte es nicht sagen, sind wir so weit oben, daß das Flugzeug langsam wieder in die Horizontale kommt.

Ich richte mich auf. Thomas hält mich fest im Arm, ganz eng. Wo mein Körper aufhört und seiner anfängt, kann ich nicht mehr unterscheiden. Es ist mucksmäuschenstill. Die Indios neben uns blicken stoisch vor sich hin. Keinerlei Regung ist ihnen anzusehen.

Thomas streicht mir die Haare aus der Stirn. Sein Gesicht ist schweißnaß und weiß.

Nach weiteren fünf Minuten meldet sich der Kapitän. Er spricht nur noch spanisch, nicht mehr englisch. Da hätte leider ein anderes Flugzeug auf unserer Landebahn gestanden. Das ist alles.

Wir setzen erneut zur Landung an, diesmal geht alles

glatt. Ich kann kaum aufstehen, so sehr wackeln meine Knie, beim Aussteigen sehen wir die Stewardessen, sie sind aschfahl, eine zittert wie Espenlaub.

Gracias, sage ich zu ihr und schüttele ihr überschwenglich die Hände, als hätte sie persönlich das Flugzeug gelandet. *Gracias!*

Wieder verpassen wir unseren Anschlußflug, wieder steigen wir in den klapprigen Shuttlebus wie vor einer Woche, der uns durch dieselben dunklen Straßen fährt.

Beunruhigt sieht Thomas sich um.

Bist du sicher, daß wir hier richtig sind?

Mach dir keine Sorgen, sage ich großspurig und nehme seine Hand. Hab keine Angst.

Wie gehabt werden wir vor dem hellerleuchteten Hotel abgesetzt. Gerade wird im Restaurant das Büffet eröffnet, als hätte man nur auf uns gewartet. Wir laden uns die Teller voll und prosten uns zu.

A la vida, sagt Thomas und ich wiederhole: *A la vida. Y a la muerte.*

A la muerte, sagt Thomas und grinst.

Ich strecke den Arm nach Thomas aus. Behutsam legt er seine Hand auf meine.

Engumschlungen liegen wir nebeneinander im Bett, neonblau scheint das Licht ins Zimmer, in der Entfernung hört man die Flugzeuge starten, nebenan streitet ein Paar.

Geht es dir gut? flüstert Thomas.

Ja, sage ich leise. Sehr sogar.

Ich stehe auf und grabe mit beiden Händen in meinem

Koffer. Das große Paket aus Zeitungspapier hole ich heraus und mache es auf. Alle Gipsskelette sind zerbrochen, ich finde nur noch bunte Krümel. Einzig und allein der Zuckertotenschädel mit Thomas' Namen auf der Stirn hat überlebt. Tomas ohne h in hellblauer Zuckerschrift.

Auf beiden Händen trage ich ihn vorsichtig ins Bett, und stumm sitzen wir da und lecken und schlecken an ihm, bis er seine Form verliert und nur noch ein Klumpen Zucker ist, ohne Namen.

Doris Dörrie im Diogenes Verlag

Liebe, Schmerz und das ganze verdammte Zeug

Geschichten

Vier großartige, liebevolle, traurige, grausame Geschichten: *Mitten ins Herz, Männer, Geld, Paradies.* Geschichten von befreiender Frische.

»Doris Dörrie ist eine beneidenswert phantasiebegabte Autorin, die mit ihrer unprätentiösen, aber sehr plastischen Erzählweise den Leser sofort in den Bann ihrer Geschichten schlägt, die alle so zauberhaft zwischen Alltag und Surrealismus oszillieren. Ironische Märchen der 80er Jahre – Kino im Kopf.«
Der Kurier, Wien

»Ihre Filme entstehen aus ihren Geschichten.«
Village Voice, New York

»Was wollen Sie von mir?«

Erzählungen

»Es ist vollkommen gleichgültig, ob Sie Doris Dörrie in der Badewanne, im Intercity-Großraumwagen, im Lehnstuhl oder in der Straßenbahn lesen, nur: Lesen Sie sie! Lassen Sie sich nicht irremachen von naserümpfenden Kritikern, diese sechzehn Short-Stories gehören durchweg in die Oberklasse dieser in Deutschland stets stiefmütterlich behandelten Gattung.«
Deutschlandfunk, Köln

»Vor allem freut man sich, daß Doris Dörrie den eitlen Selbstbespiegelungen der neuen deutschen Weinerlichkeit eine frische, starke und sensible Prosa entgegenstellt.« *Kölnische Rundschau*

Der Mann meiner Träume

Erzählung

Doris Dörrie erzählt die Geschichte von Antonia, die den Mann ihrer Träume tatsächlich trifft. Sie erzählt eine moderne Liebesgeschichte, eine heutige Geschichte, deren Thema so alt ist wie die Weltliteratur, eine Geschichte von der Liebe.

»Ein erzählerisches Naturtalent mit einem beneidenswerten Vermögen, unkompliziert und gekonnt zu erzählen. Der Leser beendet die Lektüre mit höchst bewußtem Bedauern darüber, daß er diese kurzweilige, unprätentiöse Erzählung schon hinter sich hat.«
Frankfurter Allgemeine Zeitung

Für immer und ewig

Eine Art Reigen

Ein überschaubarer Kreis von Personen, darunter auch das Model Antonia, im ewigen Karussell des Lebens: Man begegnet sich, verliert sich wieder aus den Augen, liebt und leidet.

»Die Dörrie ist in diesem Buch auf der Höhe ihrer Männer- und Frauencharakterstudien. Ein Buch zum Lachen und zum Weinen. Zum genießerischen Wehmütigsein und zum sinnigen Nachdenken.«
Die Welt, Bonn

Love in Germany

Deutsche Paare im Gespräch
mit Doris Dörrie

»Doris Dörrie hat die *Love in Germany* erkundet – in 13 anrührenden und saukomischen Interviews mit deutschen Paaren zwischen Mittelmaß und Beziehungswahn. Ganz normale Leute, aber alle sind mit ihren Ramponiertheiten und unverwüstlichen Liebesträumen Persönlichkeiten. Aufschlußreicher als jede Statistik.« *Stern, Hamburg*

Bin ich schön?

Erzählungen

Mit liebevoll-kritischem Blick nimmt Doris Dörrie die aufgeklärte, alternative Intellektuellenszene aufs Korn. Siebzehn tragisch-komische Geschichten, die nachdenklich stimmen, weil sie so hemmungslos ehrlich sind.

»Doris Dörrie ist eine ausgezeichnete Kurzgeschichten-Schreiberin mit der erforderlichen Prise Selbstironie und mit stilistischer Eleganz.«
Annemarie Stoltenberg/Die Zeit, Hamburg

Samsara

Erzählungen

Sie befragen das I Ging, versuchen es mit dem Buddhismus, lassen ihre Wohnungen auf gute oder böse Chi'is untersuchen, suchen ihr Glück bei Sushi-Dinners oder in Hollywood. Die Generation der heute Mittvierziger, die angetreten war, in Liebe, Familie und Beruf alles so viel toleranter, cooler, besser zu machen als ihre Eltern, sieht sich heute vor Fragen stehen, die sich nicht einfach mit einem lockeren ›think positive‹ lösen lassen.
Fünfzehn Geschichten über Gestern und Heute, die gar nicht so weit auseinanderliegen, wie wir oft glauben.

Was machen wir jetzt?

Roman

Fred Kaufmann ist beruflich erfolgreich, hat endlich genug Geld – bloß glücklich ist er nicht. Er fürchtet, seine Familie zu verlieren. Seine Frau und er befinden sich seit einiger Zeit in einer Ehekrise, die Claudia mit der Hinwendung zum Buddhismus zu heilen sucht – während er es mit einem Seitensprung versucht. Die siebzehnjährige Tochter Franka hat sich in einen tibetischen Lama verliebt und möchte mit ihm nach In-

dien auswandern. Als moderne Eltern vertrauen sie – aus eigener Erfahrung – mehr der desillusionierenden Wirkung des Alltags als Verboten.
Fred macht sich mit den schlimmsten Gefühlen auf diese gemeinsame Reise mit Franka. Doch die Fahrt und der Aufenthalt im Kloster bringen Vater und Tochter näher zusammen als je zuvor. Für Fred wird diese Reise, die er so widerwillig angetreten hat, vor allem eine Reise zu sich selbst.

Happy

Ein Drama

Drei befreundete Paare treffen sich am Samstagabend. Alles scheint wie immer – und ist es doch nicht: Emilia und Felix sind seit kurzem getrennt, worunter beide psychisch und finanziell leiden; Charlotte und Dylan sind im letzten Jahr durch Dylans geschickte Spekulation an der Börse reich geworden, ihre Paarbeziehung wird jedoch trotz wachsendem Luxus immer armseliger; einzig Annette und Boris sind nach wie vor glücklich verliebt, wünschen sich zwar ein bißchen mehr Geld, um ihre Ikea-Wohnung aufzupeppen, kommen aber auch ohne gut klar.
Die sechs treffen sich zum Abendessen im schicken Apartment von Charlotte und Dylan. Doch die Fröhlichkeit, die solche Treffen in früheren Zeiten bei einer Pizza in der Kneipe um die Ecke hatten, will sich nicht mehr so recht einstellen. Da erzählt Emilia, sie habe neulich gelesen, daß selbst Paare, die über zwanzig Jahre zusammenlebten, auf Fotos nicht mal die Hände des anderen identifizieren konnten. Sie wette, daß die meisten Männer mit geschlossenen Augen nicht einmal ihre eigene Frau erkennen würden. Die anderen sind empört, sie sind sicher, daß sie ihre Partner jederzeit erkennen würden. Felix gießt Öl ins Feuer: Wenn alle so sicher seien, dann könne man ja eine Wette wagen... Ein Experiment mit Folgen beginnt.

Viktorija Tokarjewa im Diogenes Verlag

Zickzack der Liebe

Erzählungen. Aus dem Russischen
von Monika Tantzscher

Die Menschen der Viktorija Tokarjewa rebellieren gegen ein Leben, das mit der Regelmäßigkeit eines Uhrwerks abläuft und keinen Raum für spontanes Glück läßt. Sie träumen vom Überschwang des Herzens und von leidenschaftlicher Liebe – zu deren Unbedingtheit sie sich dann doch nicht entscheiden können. Ironisch und mit Herzblut erzählt eine selbstbewußte Autorin von den Partnerschaftsnöten emanzipierter russischer Frauen.

»Viktorija Tokarjewa schreibt wie die Transsibirische Eisenbahn auf Ecstasy – mit Volldampf in die herrliche Katastrophe.« *Doris Dörrie*

Mara

Erzählung. Deutsch von
Angelika Schneider

Die ehrgeizige Mara hat nur zwei Ziele: Macht und Geld. Da sie beides mangels Ausbildung auf direktem Wege nicht erreichen kann, geht sie den Umweg über Männer. Madame Pompadour ist ihr unerreichtes Vorbild. Aber Mara, die die radikale Konsequenz aus einer korrupten Gesellschaft gezogen hat und ihren eigenen Vorteil wahrnimmt, wo immer sie kann, hat auch Schwachstellen: sie verliebt sich in einen jungen Musiker, der ihre Liebe nur ausnutzt, um seine Potenzprobleme zu lösen, und dann zu seiner Frau zurückkehrt.
In *Mara* entwirft die Autorin das psychologisch feinfühlig gezeichnete tragikomische Bild einer modernen russischen ›femme fatale‹.

»Mit *Mara*, einer mit sanfter Ironie und Herzblut zugleich geschriebenen Erzählung, ist Viktorija Tokarjewa ein meisterliches Frauenporträt gelungen.«
Harper's Bazaar, München

Happy-End

Erzählung. Deutsch von
Angelika Schneider

Aus purem Trotz heiratet Elja viel zu früh den sie naiv vergötternden Tolik und zieht mit ihm zu seinen Eltern in ein russisches Provinznest. Als sie an der Langeweile des Kleinstadtlebens zu ersticken droht, verliebt sich Elja in den Schauspieler Igor, der so wunderschön Lermontow rezitiert. Sie zieht mit ihm nach Moskau. Aber Igor ist Alkoholiker und hat seit Jahren keine guten Rollen mehr gespielt…

»Viktorija Tokarjewa erzählt ihre (keineswegs an den Haaren herbeigezogene) Geschichte zügig, mit forscher Direktheit und schmerzender Lakonik, wobei sie en passant zahlreiche Absurditäten sowjetischen Lebens boshaft entlarvt. Tokarjewas Röntgenblick ist unerbittlich.« *Ilma Rakusa/Neue Zürcher Zeitung*

Lebenskünstler

und andere Erzählungen. Deutsch von
Ingrid Gloede

Lebenskünstler sind sie alle, oder wollen es zumindest werden, die Hauptpersonen aus diesem Erzählband. Was geschieht, spielt zwar im fernen Moskau, kommt uns aber auch hier bekannt vor.

»Viktorija Tokarjewa verfügt über einen ausgeprägten Humor und setzt diese Gabe durchweg ein. Es ist kein Humor der satirischen Art, eher eine sanfte Ironie, gewürzt mit einer Prise Traurigkeit und einem vollen Maß an mitmenschlichem Erbarmen.«
Sabine Brandt/Frankfurter Allgemeine Zeitung

»Die unauffällige Normalität dieser Lebensgeschichten macht die Erzählungen Viktorija Tokarjewas zum Phänomen.« *Iris Denneler/Der Tagesspiegel, Berlin*

Sag ich's oder sag ich's nicht?

und andere Erzählungen. Deutsch von Angelika Schneider, Monika Tantzscher und Elsbeth Wolffheim

»Mit Wärme und verständnisvollem Humor beschreibt Tokarjewa Beziehungsängste und Kämpfe vor der Kulisse der Perestroika. Ihre Erzählungen kennen weder Gewinner noch Verlierer, sondern nur Zweifelnde und Suchende, Verunsicherte und Hoffnungsvolle.« *Markus Vanhoefer/Münchner Merkur*

»Vielleicht ist es gerade dieser lakonische, unsentimentale Ton bei gleichzeitig höchster Empfindlichkeit für optische und emotionale Details, die einem die Geschichten der Tokarjewa so nahe bringen.«
Claus-Ulrich Bielefeld/Sender Freies Berlin

Sentimentale Reise

Erzählungen. Deutsch von Angelika Schneider

»*Sentimentale Reise* vereinigt vier Erzählungen, die das zentrale Thema der Liebe in eine ausdrucksstarke, manchmal groteske Bildlichkeit umsetzen. Die Tragik des Lebens bricht nicht mit Pauken und Trompeten eines Schicksalsschlags über den Menschen herein, sondern dringt als leises Scheitern in alle Ritzen der Existenz.« *Ulrich M. Schmid/Neue Zürcher Zeitung*

Die Diva

Zehn Geschichten über die Liebe
Deutsch von Angelika Schneider, Monika Tantzscher und Susanne Veselov

Zehn Erzählungen über die Liebe: die große und die kleine, die um ein Haar verpaßte, die unerreichbare, die alltägliche und die außergewöhnliche.

»Ich habe immer geschrieben, was ich wollte, und ich werde weiterhin genügend Stoff haben, denn die Liebe bleibt widersprüchlich – unabhängig vom Staatssystem.« *Viktorija Tokarjewa*

Der Pianist

Erzählungen. Deutsch von
Angelika Schneider

Dem Star-Pianisten Igor, für den bisher nur Karriere und Familie zählten, begegnet eine Vamp-Frau, die sein Leben schlagartig verändert; die jüngst verwitwete Maskenbildnerin Lena verliebt sich in einen Fotografen, der behauptet, nur sie könne ihn retten; der junge arbeitslose Schauspieler Nick läßt sich von einem alten Millionär für bestimmte Dienste anheuern; spannend bis zum Schluß bleiben sie allemal, diese drei leidenschaftlichen Geschichten über Liebe, Tod, Macht und Geld.

»Ich habe ihre so schaurig-wahren, mitreißend komischen Geschichten mit höchstem Genuß gelesen.«
Alice Schwarzer

Lampenfieber

Erzählungen. Deutsch von
Angelika Schneider

Sie wollen im Rampenlicht stehen, sind süchtig nach dem Lampenfieber vor den großen Auftritten. Sie würden alles tun, um endlich groß rauszukommen, und vergessen dabei, daß es für gute Schauspieler keine schlechten Rollen gibt, außer vielleicht das eigene Leben. – Fünf hinreißende Künstlergeschichten über die Welt des schönen Scheins und die Menschen, die unbedingt dazugehören wollen.

»Viktorija Tokarjewa erzählt ihre Liebesgeschichten mit einem solchen Witz und einer solchen Lebendigkeit, daß ich ganz entzückt davon bin.«
Elke Heidenreich

Fanny Morweiser im Diogenes Verlag

Lalu lalula, arme kleine Ophelia

Eine unheimliche Liebesgeschichte

»Außerhalb jeder Realität, ausgestattet mit dem Personal der deutschen Romantik und der Psychologie einer Daphne du Maurier.«
Norddeutscher Rundfunk, Hamburg

La vie en rose

Ein romantischer Roman

»Wenn Franz Kafka und Thomas Bernhard Zeitgenossen geworden wären und sich außerdem entschlossen hätten, gemeinsam eine grotesk-komische Geschichte zu schreiben, dann hätte der Roman *La vie en rose* herauskommen können.« *Die Presse, Wien*

Indianer-Leo

und andere Geschichten aus dem wilden Westdeutschland

»Die subtilen Verbrechen der Fanny Morweiser spielen sich in aller Stille, in schönen Landschaften, in alten Häusern, gelegentlich bei lieben älteren Damen ab – und dies soviel gefährlicher als bei Agatha Christie!« *Hannoversche Allgemeine*

Ein Sommer in Davids Haus

Roman

»Eine Geschichte aus Licht und Schatten, aus Poesie und Bangen geflochten. Fanny Morweiser macht Skurriles so glaubhaft, als gehöre es zum Alltag, und geht mit dem Alltag um wie mit einem wunderlichen Traum. Wie schon in ihren ersten Büchern hält sie auch hier mehr, als sie verspricht. Einzuordnen ist sie nicht, denn es gibt nicht viele ihrer Art. Sie unterhält nicht nur – sie tut das, was man in England ›arrest‹ nennt: sie fesselt.«
Welt am Sonntag, Hamburg

Die Kürbisdame

Kleinstadt-Trilogie

Drei Herren aus der besseren Gesellschaft steigen einer zwielichtigen Dame nach und begeben sich dadurch in große Gefahr. Menschen in einem Altersheim widersetzen sich den Anweisungen des Heimleiters, um endlich ihre eigenen Wege gehen zu können. Ein nervöser Zahnarzt gerät plötzlich in einen Anarchistenstreich und findet dadurch sein inneres Gleichgewicht wieder.

»Diese schaurig-schönen Erzählungen schockierten mich bei der Lektüre und erinnerten mich unwillkürlich an Roald Dahl, der ebenso wie Fanny Morweiser mit seiner makabren Phantasie den Leser den Atem anhalten läßt. Beide Autoren übersteigern ihre Stoffe ins Groteske und erzeugen dadurch Komik.«
Süddeutscher Rundfunk

O Rosa

Ein melancholischer Roman

»Wer kann einen seriösen, soliden Unterricht im Zaubern, besser gesagt im Verzaubern, geben? Wer bringt uns bei, daß die durchaus nicht immer zauberhaften Alltäglichkeiten einem weniger ausmachen, daß man ihnen zum Trotz das Leben, wenn schon nicht ›en rose‹, so doch als eine im ganzen gute Sache zu empfinden vermag? Wer *O Rosa* gelesen hat, kennt die gute Medizin, die ihm wenigstens zeitweilig helfen kann.« *Neue Zürcher Zeitung*

Ein Winter ohne Schnee

Roman

Ein sanftes, kleines, irres Dorf voll mildem Wahnsinn, mit einem Fährmann, einem kranken Jungen, der in dem Dorf zur Rekonvaleszenz weilt, dem Bund der roten Krähe, der den von Mönchen in grauer Vorzeit vergrabenen Schatz heben will, bevor ein anderer ihnen zuvorkommt, dem unheimlichen kleinen Jungen mit der Mutter, die Anna heißt und eine Hexe ist...

»Von diesem Roman kommt man nicht los. Er hat Bilder, die schrecklich sein könnten. Wenn sie nicht aus einem bestimmten Blickwinkel eingefangen wären. Manches läßt sich nur ahnen. Das ist gut so.«
Neue Osnabrücker Zeitung

Voodoo-Emmi

Erzählungen

»Wie entledigt sich ein verkanntes Genie seiner kleinlichen Frau? Der Maler gibt Voodoo-Emmi ein Foto seiner Angetrauten, die Emmi wird's schon richten. Das ist eine der elf neuen, geheimnisvollen Geschichten von Fanny Morweiser, und wieder spielen kuriose, nicht alltägliche Menschen die Hauptrolle. Unmerklich überschreitet die Autorin die Grenzen zum Phantastischen, etwas Gespenstisches weht durch die Stories hin. Die Pointen kommen eher auf leisen Sohlen daher, sind darum jedoch nicht weniger zündend. Das Ganze: ein höchst originelles, hintersinniges Lesevergnügen.«
Landeszeitung, Lüneburg

Das Medium

Roman

Auf der Rückreise aus dem Urlaub geraten Nora, ihr Freund und ihre halbwüchsige Tochter Marilu in eine Kleinstadt, deren verschlafene Idylle die drei magisch anzieht. Aber die Idylle trügt: In der Kleinstadt gibt es zwei Kaufhäuser, die sich wie ein Ei dem anderen gleichen und deren Besitzer sich erbittert bekämpfen.

»Das *Medium* sei denjenigen empfohlen, die sich gern niveau- und phantasievoll unterhalten lassen und sich auch ab und an gern mal ein wenig gruseln.«
Mechthild zum Egen/Süddeutscher Rundfunk, Stuttgart

Der Taxitänzer

Erzählungen

Alfons hat eine kleine Macke: Er schnappt sich den nächstbesten Partner und tanzt wie ein Wilder, sobald Musik ertönt. ›Man könnte ihn als Taxitänzer vermieten‹, denkt Charly, ›der würde selbst einen Tauben in seinen Rhythmus zwingen.‹
Der fiese Fred tyrannisiert seine Frau Luisa, bis ihr unterdrückter Widerstandsgeist erwacht. So werden die Lilien für Fred ein Mitbringsel ganz besonderer Art.
Keine Idylle ist schön genug, als daß Fanny Morweiser sie nicht ins Unheimliche kippen lassen könnte. Zehn Geschichten über das Grauen im Alltag, in bester ›gothic‹-Manier erzählt.

»Fanny Morweiser träumt von den Zeiten, da noch E.T.A. Hoffmann auf Erden weilte, durchstreift in ihren Phantasien unheimliche Schauplätze und pfeift auf alle Vorbehalte gegen das Unglaubhafte.«
Matthias Wegner/FAZ

»Fanny Morweiser versteht es fabelhaft, mit knappen Sätzen Stimmungen zu vermitteln, als wäre man mitten im Geschehen.«
Norddeutscher Rundfunk, Hamburg

Jessica Durlacher im Diogenes Verlag

Das Gewissen

Roman. Aus dem Niederländischen
von Hanni Ehlers

Sie sieht ihn zum ersten Mal an der Universität: Er ist wie sie jüdischer Abstammung, beide Familien haben traumatische Kriegserinnerungen, sie erkennt in ihm ihren Seelenverwandten. Mit aller Wucht wirft sich die junge Edna in die Katastrophe einer Liebe, die sie für die ihres Lebens hält. Ein bewegendes Buch über eine Frau, die erst lernen muß, ihr Leben und Lieben in die richtige Bahn zu lenken.
Jessica Durlachers Romanerstling stand wochenlang auf den niederländischen Bestsellerlisten und wurde mit mehreren Nachwuchspreisen ausgezeichnet.

»Jessica Durlacher schreibt mit Gespür für Situationskomik und Selbstironie. Wer sich darauf einläßt, kann verstehen, mitfühlen und mitlachen.«
Ellen Presser/Emma, Köln

»Die klug gebaute Geschichte von Ednas Erwachsenwerden zwischen Männern, Vätern und jüdischer Vergangenheit liest sich sommerlich leicht, die Einblicke in die weibliche Psyche sind tief.«
Anne Goebel/Süddeutsche Zeitung, München

Die Tochter

Roman. Deutsch von Hanni Ehlers

Im Anne-Frank-Haus in Amsterdam lernen sie sich kennen: Max Lipschitz und Sabine Edelstein, beide Anfang Zwanzig. Ungewöhnlich und schicksalhaft wie der Ort ihrer Bekanntschaft ist auch die Liebesbeziehung, die sich zwischen ihnen entspinnt. Zuwei-

len ist Max von Sabines Vergangenheitsbesessenheit irritiert, denn worüber er lieber schweigen möchte, darüber möchte sie fast manisch reden: über die KZ-Vergangenheit ihrer beider Eltern.
Dann ist Sabine auf einmal ohne Erklärung verschwunden, für Max ein lange anhaltendes Trauma. Erst fünfzehn Jahre später sieht er sie überraschend wieder: auf der Frankfurter Buchmesse, in Begleitung eines berühmten jüdischen Filmproduzenten aus Hollywood. Und sofort flammen die alten Fragen, die alten Verletzungen wieder auf. Erst allmählich kommt Max dahinter, welch tragischer Schock für Sabines Verschwinden damals verantwortlich war.

»*Die Tochter* ist ein Roman, in dem Wahrheit und Lüge, das Echte und die Fälschung, Opfer und Täter die Plätze tauschen. Letztendlich ist es eine Abrechnung mit der Kultur des Jammerns. Ein interessantes Buch mit unerwarteten Verwicklungen und einer Botschaft, die man beherzigen sollte.« *Hans Warren/ Provinciale Zeeuwse Courant, Vlissingen*

»Ein besonderes Buch, das in die gleiche Kategorie von Meisterwerken gehört wie der legendäre Film *Casablanca* mit Humphrey Bogart und Ingrid Bergman.« *Max Pam/HP/DE TIJD, Amsterdam*